おおかみこどもの雨と雪

細田 守

「好きになった人が、おおかみおとこだった」

1

花(はな)は、彼と出会ってすぐに恋におちた。

そのとき花は19歳で、それ以前のあこがれに似た淡い恋心のいくつかを除けば、はじめての恋だった。恋におちてみて花は、恋することの不思議を知った。不思議とは、たとえどんなことが起こったとしてもすべて受け入れる、心の持ちようのことなのではないか。

彼と出会う前、こんな夢を見た。

柔らかな光にあふれた草原だった。

咲き乱れる野花に埋もれて、花は横たわっていた。

幸せなまどろみから目覚め、胸いっぱいに息を吸うと、目を開いた。

草の匂いと、あたたかな日差しが心地よかった。

ゆるやかな風が、前髪を揺らした。

そのとき、

「——？」

何かが近づいてくる気配がした。ゆっくり身を起こし、気配のする方を見た。
遠くの丘の向こうを、こちらに向かって歩いてくる者がある。
四つ足で草をかき分け進む、耳の尖ったシルエット。
——おおかみ。

花は、それがすぐに、おおかみだとわかった。なぜかはわからない。でも、間違いなく、おおかみだと思った。
風に吹かれて、おおかみが歩いてくる。
わき目もふらずに。ひたすら一直線に。きれいに整ったリズムで。
怖くはなかった。
きっとあのおおかみは、どこか遠い場所からやって来たのだ、と感じた。おそらく、自分に何らかの用事があって、ずっと長い旅をしてきたのだろう。
だから、じっと待った。
すると、おおかみは歩きながら、自らの姿を変化させた。
それは確かに変化、と呼ぶべきものだった。
おおかみの周りの空気がゆらめくと、次の瞬間には、背の高い男の姿になった。
花は、はっとした。

――おおかみおとこ。

そんな言葉が浮かんだ。

背の高い男は、まっすぐこちらに歩いてくる。

花は、息をのんでじっと待った。

胸が、高鳴った。

　夢はそこで終わった。

花は、夢の続きをまぶたの中に追った。だがどうしても、それ以降の風景を見ることはできなかった。あのおおかみは、私に何を伝えたかったのだろう。胸の中に、背の高い男のぼやけた像だけが残っていた。

　花は、東京のはずれにある国立大学の二年生だった。

　おとぎ話に出てくるような赤い三角屋根の古い駅舎を出ると、数百本ものサクラやイチョウがつらなる大きな通りがある。この並木道を五分ほど歩けば、こぢんまりとしたキャンパスに着く。時計台のある図書館棟を中心に、講堂や講義棟などが豊かな緑の中に並ぶ、古めかしい大学だった。

　初夏の大教室に、古代思想史の講義をする教師の声が淡々と響いている。教科書を

読み上げては丁寧に註を付す教師の言葉を、花はノートに几帳面な字で書き取っていた。

この大学の学生たちは、決して易しくはない選抜試験を経て入学してきた者たちで、みな真面目そうで身なりもよかった。裕福な家に育ち、充分な教育を受け、卒業後は官途に奉ずるか、法曹界へ進むか、でなければ商社等に就職するか、いずれにしろ未来を約束されているような若者たちだった。既に司法試験などの各種資格取得へ向けて勉強を始めている者もいた。

花は、少なくとも真面目であるという点においては、彼らと共通していた。ただし、まだ将来は漠然としていた。いずれは誰かの役に立つような人間になりたいと思ってはいるものの、ただ勉強ができる、というだけでは社会にとって何の役にも立たないということに極めて自覚的だった。自分がいったい何者で、これからどんな人生を選択すべきなのか、見当もつかなかった。

午後の日差しが窓から差し込み、大教室の長い机に美しく反射していた。花はノートを取る手を休め、ふと顔を上げると窓のほうを何げなく見た。そして、ある人物の後ろ姿に目が留まった。

「——」

その人物は、この大学に通う裕福な学生たちとはまるで違って見えた。かき乱した

ようなぼさぼさの髪に、日焼けした浅黒い肌をしていた。襟の伸びたTシャツは、ところどころ穴があいていた。引き締まった腕でボールペンを握り、教師の言葉をひたすらノートに書き留めていた。一文字も聞き漏らさないかのような書き方だった。シラバスで指定されていたはずの教科書は持っていないらしかった。

花は、その背中に釘付けになった。窓から差し込む光が、その人物の肌に照り返しキラキラと輝いて見えた。心地よさそうな日なたの光だった。そしてなぜか、その光に見覚えがあるように思えた。

講義が終わり、学生たちが出席票を提出して次々と教室を出て行く。

花は、自分の名前を記入した出席票を教卓に置き、教室を振り返ってあの人物を探した。ノートを片手にひとり出て行く長身が見えた。おそらく、あの人は出席票を提出していないのではないか。あとを追って教室を出ると、大股で廊下の角を曲がるTシャツと色あせたジーンズの姿が見えた。小走りで行かないと見失いそうだった。階段を下る背中にようやく追いつくと、花は思わず声をかけていた。

「待ってください」

その人物——彼——は、踊り場で足を止めた。痩せた頬をゆっくりと向け、目だけでこちらを見た。

「——」

花の胸はドキンと鳴った。

しかし同時にその目は、他を寄せ付けない距離を感じさせた。どことなく神経質な野生動物を思わせた。何か言わないと、すぐに去ってしまいそうだった。

だから、

「——これ」

予備の出席票を見せた。「書いて出さないと出席じゃなくなります。だから……」

すると彼が、その言葉の途中で打ち消すように、

「わかっているかもしれないけど——」

と呟いた。静かに威嚇するような声だった。「俺、ここの学生じゃない」

「え?」

「目障りなら、もう来ない」

彼の澄んだ目が別の方向を向くと、靴音を残して階段を下りていった。

残された花は、しばらく呆然と立ち尽くした。見当違いな気遣いをしでかしたような気持ちになった。たとえば、希少な動物を不用意に撫でようとして、牙を向けられてしまったときのような。

きびすを返そうとしたが、もやもやとした気持ちが花を押し止めていた。このまま

ずっともやもやした気持ちを抱え続けるのだろうか、と思った。

花は一階へ下りると、柱の陰からそっと外を窺った。半円形のアーチ越しに、ちょうど講義棟を出る彼の姿があった。午後の大学構内の庭園に、小さな子供たちの遊ぶにぎやかな声が響いている。オープンスペースとして公園代わりに庭園を利用する老人や親子連れは多い。集う母親たちからちょっと離れたところで、子供たちが走り回っている。

と、ふいに子供のうちのひとりが転び、くぐもったような弱々しい泣き声を上げた。だが母親たちはおしゃべりに夢中で気にも留めない様子だった。彼は泣き声に気付き、行きかけた足を止めて戻ると、転んだ子を抱き起こした。だいじょうぶ、とも、危ないよ、とも言わなかった。そのかわりその子の頭の上にそっと手を置いた。するとその子は不思議なほどすぐに泣き止んだ。まるで痛みや悲しみが瞬時に溶けて消え去ったみたいだった。彼は立ち上がると、何事もなかったかのようにその場を離れた。その子はただ口を開けて彼を見送った。

花は、この些細な出来事を柱の陰から目撃し、なぜかとても嬉しいような気持ちになった。まるで自分が転んだ子供で、彼に抱き起こしてもらったように。

だから──、

「あの、待ってください。もういちど」

正門を出たところで、勇気を出して彼を呼び止めた。
「あなたがここの学生かどうか、私は知りません。ただ……」
と言いながら、急いでかばんを探り、
「さっきの講義、これがないとちょっと難しいと思います」
と、教科書を両手で掲げた。
「よかったら——、一緒に見ませんか？」
精一杯の提案だった。

　花は大学を出たあと、夜遅くまで駅前のクリーニング店でアルバイトをする。それから深夜営業のスーパーに立ち寄って買い物をして、高架沿いに建つ古いアパートに帰る。父の写真の横にある湯呑みの水を換え、狭い台所で簡単な食事を作り、エプロン姿のまま小さなダイニングテーブルでひとり食べる。風呂に入り、パジャマに着替えたあとは、眠くなるまで図書館で借りた本を読む。
　変わらない花の日常がある。
　しかし、今日は違った。
　正門の前で彼と約束した。次の講義で待ち合わせる、と。
　アルバイト先で伝票を片手に仕上がった衣類を探すとき、いつのまにか彼のことを

考えていた。スーパーで特売品の野菜を選ぶときも、彼の姿が浮かんだ。アパートのドアノブに鍵を差したときも、椅子の背にエプロンを畳んで掛けたときも、本のページをめくるときでさえ。

すでに花は、恋におちていた。

その日、洋服選びにいつもより時間がかかった。いままで一度しか袖を通したことのない、青いワンピースを選んだ。

彼は仕事を終えたあと、午後に来るという。

なのに朝、正門で振り返り、登校する学生たちの中に彼を探した。午前の講義のあいだも気が気ではなかった。にぎわう学生食堂の片隅で、ひとり彼を思った。

午後の講義の時間になった。だが彼は姿を見せなかった。教師がやってきて短い挨拶を済ませると、教科書を開いて前回の続きを話し始めた。花はとりあえず教師の声に耳を傾けようとしたがうまく集中できず、つい窓の外を見てしまうのだった。

講義も半ばにさしかかったころ、走り来る彼が窓越しに見えた。

出会った日と同じ、襟の伸びたTシャツ姿だった。

胸が高鳴った。

彼は息を殺して教室へ入ると、音を立てないようにして花のとなりに座った。花は

胸の音を聞かれてしまうのではないかと恐れ、教科書をその場に残すと、長い座席の端へ移動した。彼は教科書を手に、戸惑いながら花を見た。いいの。使って、と。

花は座席の端から目だけで合図を返した。

講義が終わったあと、彼を大学の付属図書館へ紹介したかった。図書館内は教員と学生しか中に入れない。しかし花はどうしても彼に紹介したかった。IDをセンサーにかざし、確認音とともにゲートが開く。花は彼の手を引いて素早くゲートを通った。女性司書がいぶかしげにふたりを見ている。彼女が何かを言い出す前に、足早に通り過ぎた。

最新の移動式書架と大量の書物に、彼は興奮して目を輝かせた。それを見て、花も嬉しくなった。

この大学の図書館は都内でも有数の蔵書数を誇っている。特徴的なのはその6割以上が開架していることだった。そのため、希少な本でも手に取って確かめることができる。彼は本を探すことに集中し、ある一冊を引き出して素早くページをめくると、そのまま時が止まったように読みふけった。花は邪魔しないようにと、彼が同じポーズで読書に集中しているのが、なんだか可笑しかった。しばらくして戻ってみると、花も適当に目に留まった本を引き出すと、彼のそばで読んだ。

大学を出て、夕暮れの空が広がる土手を、ふたりで歩いた。
「何をしているときが楽しい?」
「どんな食べ物が好き?」
「いままで、どんな人を好きになった?」
花は、立て続けに彼に質問した。
彼は、何も答えずに笑うと、花に訊いた。
「——どうして、花っていうの?」
「名前?」
「うん」
「私が生まれた時、庭にコスモスが咲いていたの。植えたのじゃなくて、自然に咲いたコスモス。それを見て父さんが突然思いついたんだって。花のように笑顔を絶やさない子に育つように、って」
花は、思い出すように遠くを見た。「——つらいときや苦しいときに、とりあえず、無理矢理にでも笑っていろって。そしたらたいてい乗り越えられるから、って」
「——」
「だからね、父さんのお葬式の時、ずっと笑っていたの。そしたら親戚の人に『不謹

慎だ」って、すごく怒られてしまって……」
「——」
「でもやっぱり、不謹慎だったかな?」
彼はじっと花を見て微笑んだ。そして、空を見上げて、
「不謹慎じゃない」
と言った。
花は安心したように大きな笑顔を向けた。それから同じ空を見て、
「よかった」
と、呟いた。
父の話を、誰かにするのは初めてだった。

受験の年、父に病気が見つかった。
ひとり娘の彼女は父に付き添いながら、ベッドの横で受験勉強をした。がんばって勉強し合格すれば、病気も良くなるにちがいないと彼女は思った。そんな娘を父は病床から励ました。
彼女の合格の知らせを待たずに、父は息を引き取った。
父子家庭だった彼女は、ひとりぼっちになった。

親戚たちは同情して援助を申し入れた。叔父夫婦は部屋が空いているから一緒に住めばいいと提案してくれたし、また別の叔母夫妻は学費を負担してもよいと申し出てくれた。しかし彼女はそれをひとつひとつ丁寧に断った。

入院費を支払ってしまうと、貯金は入学金と前期の授業料分しか残ってはいなかった。しかし幸いにも、奨学金の予約資格を得ることができたので、アルバイトを掛け持ちすればなんとか生活できるのではないかと考えた。

家財を整理し、父と過ごした借家を引き払うと、高架沿いの小さなアパートに引っ越した。

古い桐のタンスと、姿見を運び入れた。

父が使っていた本棚の上に、子供の頃に庭先で撮った親子ふたりの写真を置いた。

葬儀で着た喪服で、入学式に出席した。

あっという間に一年が過ぎた。

そして彼と出会った。

彼はそんな彼女を、野に咲く小さな花のように大切に扱ってくれた。待ち合わせ場所は、駅前の古い喫茶店の前だった。いつも帰り道を送ってくれた。アルバイトを終えてそこへ向かうと、たいがいは彼が先にいて、文庫本を読みながら

待っていてくれるのだった。

夜の町を並んで歩いて、いろんな話をした。彼は引っ越し専門の運送会社に勤めていた。大きなトラックを運転しているのだと言った。仕事で訪れたひとつひとつの家と、そこに住む人々の様子を、いとおしそうに話した。

「同じ団地でも、家の中はまるで違うんだ。お金のあるうち。ないうち。家族のたくさんいるうち。ひとりのうち。赤ん坊のいるうち。年寄りだけのうち」

高台の公園から、街を見渡した。家々の明かりが、地平線の向こうまでいっぱいに広がっていた。そのまんなかを、ぎっしり人を乗せた下り電車が通過していく。あの電車に乗ったひとたちはそれぞれ、どの明かりの家へ戻るのだろう。

彼は、それをじっと見つめて言った。

「家があったら、いいだろうな。ただいまって言う。靴を脱いで、顔と手を洗ってまた椅子に深く腰掛ける。――いいだろうな。本棚を作る。本でいっぱいになったらまた新しい本棚を作る。なにをしたっていい。自分の家だもの」

お金を少しずつ貯めて、小さくてもいいから、いつか家を持ちたい、と憧れのように言った。

花の内側を、じんわりとあたたかいものが満たしていくのがわかった。
「じゃあ、私がおかえりって、言ってあげるよ」
と街の明かりを見てつぶやいた。
彼は、そのなにげない言葉にハッとしたように花を見た。
そしてゆっくりと、顔を背けた。

帰り道、彼は一言も話さなかった。彼のサンダルが落ち葉を踏みしめる音だけが響いていた。花のアパート近くの、小さな川に架かる橋にさしかかったところで、ふいに彼が口を開いた。
「花」
「なに？」
「実は」
「——」
「君に、言わなきゃいけないことがあって……」
「——」
「何でも言って」
「実は」

と言ったまま、彼は押し黙った。

なにかとても大事なことを彼は伝えようとしているのが、花にはわかった。その〝なにか〞が何なのか、想像もつかなかった。だが、たとえどんなことを言われても受け止める準備をしようと思った。

薄い川底に、水草がゆるやかに揺れていた。

車が何台か行き過ぎたほかは、誰も橋を渡らなかった。

やっと彼が口を開いた。

「またこんど」

「うん」

「おやすみ」

「おやすみ」

彼の後ろ姿を、花はずっと見送っていた。

それから幾度も待ち合わせをして帰り道をふたりで歩いたが、彼がそのときの〝なにか〞を言い出すことはなかったし、花も自分から訊くことはしなかった。

そうして冬になった。

花は、ダッフルコートの上にマフラーを首に巻いて、クリーニング店をあとにした。

大学通りの街路樹を、イルミネーションの光がきらびやかに彩る。いつもの古い喫茶店の前に、約束の時間ぴったりに着いた。

彼の姿はなかった。

珍しいことだった。

手を息で温めつつ、人波の中に彼の姿を探した。まるでお祭りのように多くの人が行き交った。読みかけの本を読み進めながら、ときおり街灯の向こうの時計を見た。待ち合わせの時間をだいぶ過ぎていた。

彼は来ない。

文庫本を読み終えてしまうと、ほかに何もすることがなかった。しかたなく、続々と駅へ向かう人々の背中を、ただ眺めた。誘導する道路工事の作業員が、時おり気にしているようにこちらを見た。

彼は来ない。

人通りが少なくなると、よけいに寒さが増したようだった。靴底から伝わる冷たさに、足踏みして耐えた。とつぜん喫茶店の明かりが半分になったので、びっくりして振り返った。もうそんなに時間が経ったのだろうか。片付けを始めた店員が、不審そうに見ている。花は済まなそうに脇へずれる。

彼は来ない。

十二時を回り、大学通りのイルミネーションが消えると、駅前はいっぺんに淋しくなった。喫茶店のシャッターの前にひざを抱えて座った。寒さで身が縮こまった。酔った男が声をかけてきたが返事をしなかった。マフラーに顔を埋めたまま、目を閉じた。遠くでサイレンの音がして、やがて消えた。
　それから、どれほどの時間が経っただろうか。
　声がした。

「花」
「——」
「ごめん。花」
「——悪かった」
　彼が見下ろしている。
　花は、ゆっくりと見上げた。
　寒さでほおがしもやけになっていた。
　それでも、いっぱいの笑顔で応えた。

　街を見渡せる丘。
　夜空に、無数の星が瞬いている。

「いままで、誰にも言ったことがなかったんだ。——怖かった。君が去ってしまうかもしれないから。でも……」

彼のコートの襟についたファーが穏やかに風に揺れている。

「もっと早く言うべきだった。——いや、見せるべきだった」

「見せる?」

花は白い息で訊き返した。

「少しのあいだ、目を閉じて」

「——」

言われるままに目をつむったものの、彼の意図を図りかねていた。

少しして、薄目を開けようとすると、

「もっと長く」

と声がする。

花は覚悟を決めて、目を閉じた。

長い時間が経った。

こわいほどの静寂だった。

「もういい?」

花は訊いた。

だが返事はない。
風がゆるやかに髪を揺らした。
花は、ゆっくり目を開いた。
そして、目の前の光景に、息が止まった。

「——！」

彼は、確かにそこにいた。目を伏せて。左手を見つめたまま。
だが——
その左手が、人間の手から、またたくまにケモノのそれに入れ替わっていく。
風が激しく渦を巻く。あおられて乱れた彼の髪が、いつのまにかケモノのとがった
耳へと形を変える。
首が、そして顔があっというまに体毛で覆われたかと思うと、口の端が裂けたよう
に大きく広がっていく。
長く伸びた鼻先が、ゆっくりとこちらを向く。
閉じられた目が、ふいに開く。
その瞳。
野獣そのものの色。
見つめられて、花は身動きひとつできなかった。

声ひとつ、発することができなかった。
とつぜん、風が止んだ。
彼——野獣はため息をつくようにうつむくと、
「花。俺が、何に見える」
と静かに言った。
吐く息が、闇に溶けた。
瞳が、憂いを湛えた深い色に変わっていた。
きれいな色の瞳。
まちがいなく、彼だった。

冬の空に、おそろしいほどの数の星が瞬いている。
その日は新月だった。
満月の夜に変身したり人を襲ったりするのは、ただの伝説だと知った。
世界は、私の知らない事柄で満ちている——そう、花は思った。

青い夜を、花のアパートの電気ストーブが赤く照らしている。
「驚いた?」

と彼の声がする。

花は、答えない。うつむいたまま、ただ小さく頷いた。

「もう会わない?」

花は、やはり答えず、小さく首を振った。

「でも、震えてる」

花は、答えない。

野獣の手がゆっくりと伸び、そっと花の白い肩に触れた。鋭い爪がやわらかい肌を傷付けないように、細心の注意を払っているような触れ方だった。

花は、

「——怖くない」

とつぶやくと、彼を見上げた。

「あなただから」

彼はゆっくりと花を引き寄せ、その唇にやさしく触れた。

花が、初めて迎える夜だった。

彼は、明治期に絶滅したとされる、ニホンオオカミの末裔だった。

オオカミとヒトとが混ざり合い、その血を受け継ぐ最後の存在だった。

彼の両親は、まだ幼い彼に滅亡した一族の歴史を語り、その事実を他言してはならないと告げて亡くなった。
その後、何も知らない親戚に預けられ、苦労して大人になった。
運転免許を取得すると、仕事を求めて都会に出てきた。
誰にも知られず、誰にも顧みられず、こっそりと隠れるように今まで生きてきたのだ、と彼は言った。

朝になった。
花は、ベッドから裸身を起こすと、半醒半睡のまま、傍らを見た。
眠る彼は、人間の姿をしていた。
しなやかな筋肉を覆う肌が、大理石の彫刻のようだと思った。
昨夜聞いた「絶滅」という言葉が、花には地下鉄の大理石の柱に埋もれる、太古の貝の化石を連想させた。
彼の寝顔を、じっと見つめた。
昨夜のことは幻ではない。
確かに、彼は野獣へと姿を変えた。
そして自分は、彼を受け入れた。

花はひとり、これから起こりうる出来事を想像し、それから密かに覚悟を決めた。

実際、彼の秘密を知る者は、世界中に花ひとりだけだった。

彼の秘密は、とりもなおさず花の秘密でもあった。

大学の同級生たちは、外国製のジャケットを着ている社会人や、イベントやライブに誘い出してくれるような他大学の学生とつきあっていた。

「それで、花ちゃんは、どんなひととつきあっているの?」

と、彼女たちの一人が訊いた。背は高いのか。痩せているのか。学歴は充分か。親の職業は何か。どのくらい年上なのか。記念日にプレゼントをちゃんとくれるのか。たてつづけに質問されて答えに困った。彼女たちには、とても彼のことは紹介できないと思った。

ただ、誠実な人とつきあっている、とだけ言った。

近所にある深夜営業のスーパーが、新しい待ち合わせ場所になった。花は、彼といっしょに買い物をして、アパートに帰るようになった。

よく鶏肉を使った料理を作った。胸肉(あるいはモモ肉)を一口大に切りわけ、ピーマンと一緒に串に刺す(ほんと

うの具はネギやタマネギなのだが、彼が苦手だと言ったため)。塩を少々振って網で焼いているあいだに、醬油やら酒やらぽん酢やらすり下ろしたタマネギやら(少量のタマネギなら平気だと彼は言った)を混ぜ合わせて、15センチほどの細長いコップに入れる。焼きあがった串を皿に盛り、タレに串ごと浸して食べる。これが花の家の伝統的なやきとりの食べ方だった。

花が最初に、コップの中のタレにとぷんと漬けてみせた。引き上げると、タレがとろりとうまそうに滴る。彼はいままでやきとりをそんなふうに食べたことはなかったので、戸惑っていた。見よう見まねでタレにとぷんと浸し、これでいいの? と花を見た。

はぐっ、と、ふたりでいっしょに口に運んだ。

しゃくしゃくしゃく……。

おいしい!

彼は感心するように、しげしげと串を見た。それから続けざまに口に運んだ。このやきとり料理がやがて彼の好物になったので、花はたびたび作ることになった。特売の日に大きな鶏肉の塊を買って、冷凍保存しておいた。

花が食事の用意をしているあいだ、彼は、帰り道に見つけた路傍のタンポポを牛乳瓶に生けて窓辺に置いた。

満足げに眺める彼を、花は微笑ましく見た。
彼は仕事が終わると彼女のアパートへやってきて、夜を過ごし、朝はそこから直接仕事に出かけた。
いつの間にか、それが普通になっていた。
何ヶ月かの後、花の勧めで、彼は住んでいたアパートを引き払った。文庫本の入った紙袋を二つ、花のアパートの隅に置いた。引っ越しはそれで終わりだった。
彼は本のあいだから古い写真を取り出して、花に見せた。急峻な稜線を持つ雪山が写っていた。自分のふるさとなのだと言った。
花は、本棚の父の写真と並べるように、その写真を置いた。

よく晴れた初夏の日の午前だった。
牛乳瓶に生けたツユクサとゲンノショウコが風に揺れていた。アイロンをかけた彼の大きなシャツをゆったりと畳んでいるとき、突然、ぐっと吐き気が襲ってきた。苦しさのあまり、傍らのベッドにもたれて、せっかく畳んだ洗濯物が床に落ちた。
花は、異変に気付いた。
予感はあった。実のところ、このひと月ほど妙に体がだるかったり、食欲がなかったりした。

しかし今日ははっきりと、自らの体の中で起こっていることを自覚できた。
近所の産婦人科医院を覗くと、待合室は妊婦で溢れていた。窓越しに中の様子を何度も窺うが、どうしても中に入れなかった。あの妊婦たちと自分とは、事情が違うと思えた。ではどこに相談に行けばいいのか。医院の入り口の前で、寄る辺ない気持ちになった。

花はきびすを返すと、その足で大学の図書館へ向かった。人のまばらな閲覧室で、何冊かの妊娠と出産に関する本を積み上げて、内容をノートに取った。この事実を告げたら、彼はどう思うだろう、と想像した。喜んでくれるだろうか。もしかしたら、困った顔をするかもしれない。

迷った末、公衆電話から彼の会社に連絡をした。産婦人科に行ったが受診はしなかったという事実だけを伝えると、すぐ行く、と言い残して電話は切れた。件 (くだん) の古い喫茶店の前で、花は待った。何冊かの自然出産と、自宅出産の本を手にしていた。しっかりと自分の意志を彼に伝えよう、と心に決めた。

やってくる彼の姿が見えた。
一大事のように走って来る。花は、最初の言葉を準備した。
心臓が高鳴った。
ところがそれを言う前に、花は彼に抱き上げられた。彼の持っていた桃の缶詰が歩

道に落ちて、ごろごろと転がった。すれ違う人々が、何事かと彼を振り返った。
彼は人目もはばからずに花を抱きしめた。
何度も、何度も。
その顔が、たまらなく嬉しそうだった。
だから花も嬉しかった。

夏から秋にかけて、花は、重いつわりに苦しんだ。吐き気は一日中、続いた。とても大学に行ける状態ではなくなり、悩んだ末に休学届を提出した。アルバイトも辞めざるを得なかった。クリーニング店の女店主は驚き、熱心に花を引き止めた。不満があれば何でも言ってほしい、できることだったら何でもする、とまで言ってくれた。だが事情を話すわけにはいかず、ただ休ませてください、としか言えなかった。入学以来、ずっと世話になっていた店なので、心苦しかった。

生活が変わった。
ベッドから動くことができず、ひたすらつわりに耐える日々だった。ほどなくして食べ物を受け付けなくなり、ただでさえ痩せている花の体重を容赦なく奪った。それでも嘔吐が止まらない。

彼は仕事から戻ると、何も言わずに一晩中背中をさすってくれた。そして一睡もしないで朝には家を出て行く。花にとって、彼がそこにいてくれることが一番の支えだった。

ある日のこと。

彼が帰ってきたので、ベッドから半身を起こして出迎えると、なぜか彼のコートが茶褐色の鳥の羽根にまみれていた。心配げな花に、彼はいたずらっぽく微笑んでみせると、後ろ手に隠したものを掲げた。

深い緑色の尾をした美しい鳥はケーンと鳴いた。野生のキジであった。花はあっけにとられた。おおかみの姿になって狩りをする彼の姿を思い浮かべたが、うまく想像できなかった。

彼は台所に立ち、手際よくキジを捌くと、沸かしたいっぱいのお湯に入れた。出汁をとっているあいだに、背中を丸めて野菜を切っている。手伝おうか？ と起きだす花に、彼は、そこに座ってて、というばかりだった。

やがて、ふきんで土鍋を持って、コンロからテーブルの鍋敷きに移し替える。彼が土鍋のふたを取ると、湯気とともにあたたかい匂いが立ち上がる。丁寧にいちょう切りされた、ダイコンとニンジンが浮かんでいた。澄んだ出汁がキラキラ光る、キジうどんだった。

しかし花は、複雑な表情でそれを覗き込む。せっかく作ってくれたのにちゃんと食べられるかな? と、心配になった。ここのところ、食べ物を見るのも、においを嗅ぐのも苦しかったからだ。

花は、うどんを箸でつまみ上げ、躊躇しつつもその一本をかじってみた。口の中にやさしい旨みがじんわりと広がった。

「——ああ!」

思わず花は声を上げた。

まず最初に、ものを食べられたことが嬉しかった。そして次に、食べ物を美味しいと感じることができたことが嬉しかった。それはほんとうに久しぶりのことだった。食欲が急激に湧き起こってきた。今まで食べられなかった分を補うように食べた。

彼は、そんな花を見て、ホッとしたように頬杖をついた。

冬になると、つわりは嘘のように収まっていた。

彼は今まで以上に働いた。朝、日が昇る前に出かけ、帰りが深夜にまでなることもあった。将来に備えて、貯金を少しでも増やしておこうと思ってのことだった。

花は大きくなったおなかを抱えて、アパートでひとり出産に備えた。布おむつを縫うついでに、おおかみの形の小さなぬいぐるみを作った。生まれてくるこどもに逢え

父親がおおかみおとこだから、おおかみのこどもが生まれてくるかもしれない、と花はあらためて思う。

しかしそうだとしても全くかまわない、と思った。

ただ、早く逢いたい。

夕焼けの空を見て、訳もなく涙が出た。

花は、その小さなアパートで、こどもを産んだ。

雪の日だった。

産院の医師にも、助産師にも頼まず、自分たちだけで。ずっと彼が手を握ってくれていた。花は、おおかみのこどもを想像していたが、少なくとも生まれたときは人間の赤ん坊の姿をしていた。

コンロにかけたやかんが、しゅんしゅん鳴っていた。

生まれたての赤ん坊を、ふたりでずっと見ていた。赤ん坊は女の子だった。小さな手に指を添えると、頼りなく握り返してくる。

無事に生まれてくれてよかった、と彼女は言った。

いや、これからまだまだいろんなことがあるよ、と彼は言った。

優しい子になるかな、と彼女が言った。
頭の良い子になるかもしれない、と彼が言った。
どんな大人になるんだろう、と彼女が言った。
看護師でも、教師でも、パン屋でも、好きな職に就かせたいな、と彼が言った。
辛い思いをしないで、元気に育ってほしい、と彼女が言った。
自分たちは、どこにでもいるありきたりな親子と変わらない、と花は思った。
大きくなるまで見守ってやろう、とふたりで約束した。
雪は小降りになっていた。

赤ん坊を、雪と名付けた。
生まれた時、雪が降っていたからだった。
元気な子で、しょっちゅうギャンギャン泣いたが、彼が抱くとすぐに泣き止んだ。
雪を連れて、夕方の土手を散歩した。ベビーカーを押す幾組もの親子とすれ違った。
自分たちは、どこにでもいるありきたりな親子と変わらない、と花は思った。
ありきたりなことに、誰にともなく感謝した。

次の年の早春、二人目のこどもが生まれた。
男の子だった。

赤ん坊を、雨と名付けた。

生まれたのが、雨の日だったからだった。

その翌日のこと。

突然、彼の姿が見えなくなった。

生まれたての子を抱きながら、外を見た。瓶に差したナズナの向こうに、雨滴がガラス戸をつたっている。

彼が、いつまでたっても帰って来ない。

その不安な背中に、1歳と1ヶ月になった雪がつかまり立つ。タオルで何重にも巻いた赤ん坊をたすきがけの布で胸に抱き、ダッフルコートを着込むと、その上からおんぶ紐で雪を背負った。お産直後で足元がふらついたが、それでもかまわず部屋を出た。

アパートのドアを開けると、何かにぶつかった。スーパーの袋が二つ、ドアの外に置かれてある。

「？」

いぶかしんでしゃがみ、転がり出た缶詰をとりあえず中に入れようとして、何かに気付いた。粉ミルク、米、野菜の奥に、彼の薄い財布が押し込まれてある。

なにかあったのか？
不安が強くなった。

早春の冷たい小雨に傘をさして、街に出た。
車が行き交う大通りの交差点で、四方を見回した。
住宅地の坂道を行く傘の中を、ひとりひとり確かめた。
しかし、花の姿はない。
それでも花は、街中を歩き回って探した。
住宅地を流れる川に架かる、いつかの小さな橋にさしかかった。川沿いの遊歩道に、市のゴミ収集車がウインカーを点滅させている。幾組かの傘をさした人々が足を止めて、川の浅い流れを覗き込んでいる。10メートルほどの高さのコンクリート護岸を、雨合羽を着た保健所の作業員が下へと降りていく。
花も、誘われるように橋の下を見た。
川底に集まった作業員たちの足元に、半分水に浸かって横たわる動物の死体があった。
痩せて骨の浮かんだ狼の軀が、雨粒に打たれていた。
狼。

彼だった。

「！」

ボロぞうきんのように汚れて濡れた毛に、見覚えのある茶褐色のキジの羽根がまとわりついていた。頭部からはにじんだ血が川面に溶けていた。
その日、彼が何を考えていたのか、わからない。赤ん坊のために狩りをする本能が働いたのかもしれない。あるいは、産後すぐの花に滋養のあるものを食べさせたかったのかもしれない。

見開かれた狼の目は、何も語らなかった。
作業員は二人掛かりで狼の足をゴム手袋へと無造作に入れた。キジの羽根がバラバラと落ちて、水面に流れた。
遺体袋は、ロープで遊歩道まで引き上げられた。
花は傘を投げ出して走り寄ると、その袋にしがみついた。触らないで、と制する作業員が花を引きはがす。どうか引き取らせて、と懇願する花に、にべもない。
もみ合っているうちに、別の作業員が遺体袋をゴミ収集車へと乱暴に放り込んだ。
遺体袋はプレス板に押しつぶされながら、荷箱の奥に消えた。

「！！！」

花は急激に脱力すると、その場に立ち尽くした。

ウィンカーの黄色い点滅を残して、ゴミ収集車が去っていく。
よろよろとあとを追うが、追いつく訳もない。
全身から力が抜け、その場にへたり込んだ。
顔を覆って、泣いた。
その背中に見物していた男女の一組が傘を差し掛けて、なぜ泣いているのかと尋ねた。

お葬式は、できなかった。

草原に、ゆるやかに風が渡る。
いつかのワンピースを着た花が、気配に気付いて振り返った。
彼だった。
いつものようにノートを持って、微笑んでいた。
襟の伸びたいつものTシャツを着ていた。
花は笑顔を見せて、彼に歩み寄ろうとした。
すると彼は、済まなそうな顔をして、背を向けた。
その瞬間、花の足がまるで動かなくなった。
花は不安になり、彼の名を呼んだ。

風が強くなり、その声をかき消した。

彼の横顔は、半獣の姿となった。

いつかのファー付きのコートを着た背中が、遠のいていく。

動けない花は、なおも彼の名を呼んだ。

彼はおおかみの姿になり、草原の向こうへと去っていく。

まるで、いつか来た道を辿るように。

花は、強く彼の名を呼んだ。

その声は風に溶けて、どこにも届かなかった。

花は、広い草原に、ただひとりだった。

目が覚めた。

ダッフルコートを着たまま、ちゃぶ台に突っ伏して眠ってしまっていたらしい。部屋が暗い。もう夕方だった。小雨はまだ降り続いているようだった。布団にくるまって眠るこどもたちを、電気ストーブが赤々と照らしていた。

ちゃぶ台に置かれてある彼の財布を見つけ、手に取った。中を確かめたが、わずかな札と、割引券やレシートがあるばかりだった。カード入れに、運転免許証があるのに気付いて、引き出した。

彼の顔があった。
そして、彼を写した姿がこれっきりしかないことに気がついた。
免許証を、窓辺のナズナを差した瓶に立てかけた。
写真の中の彼が、微笑んでいる。
もちろん彼は、自分自身が死んでしまうなどとは、思いもよらなかったはずだ。ずっとこどもたちを見守っていたかったに違いない。成長を見届けたかっただろう。だがそれはもう叶わない。
絶対に。
そう思うと、胸が締め付けられた。
なのに、写真の中の彼は、穏やかに笑っている。
――こどもたちを、よろしく頼むよ。
と、言った気がした。
涙があふれそうになった。
しかし花は、唇を噛んでそれに堪えた。
そして、彼に精一杯の笑顔を見せ、
任せて。ちゃんと育てる。
と、誓った。

彼のいない、新しい生活が始まった。

1歳半になった雪が、花を見上げて、

「まんま」

と、ご飯を要求する。花は、

「今作っているよ。待っててね」

と返すが、雪はまだ言葉がわからないから、

「まんま！」

と、大きな手振りで要求を繰り返す。

「もうすぐだから」

「まんま!!」

空腹に我慢できずに何度も大声で叫ぶ。興奮して頭の髪の毛から、おおかみの耳がぴょこんと出る。

「まんま!!!」

「雪！」

花が大声で諭すと、目に涙をいっぱいにためて、すねたように身を翻す。四つ足でクッションを蹴散らし、部屋の隅で振り返ると、いつの間にか子おおかみの姿になっ

ている。ご丁寧にごみ箱を後ろ足で蹴飛ばして中身をぶちまけると、わざと花から見えない場所に隠れてしまう。あとはどれだけ呼んでも返事をしない。

なのに、

「もーしょうがないなあ。じゃあ先にビスケットでも食べてて」

花がため息まじりに戸棚から菓子を取り出すと、稲妻のように駆けて来てビスケットを奪い取り、もう人間のこどもに戻ってニコニコとかじっている。怒ったりぐずったりすると、すぐに毛を逆立て耳を張りつめて、おおかみの姿になる。

毎度のことだ。

ときおり、半獣——人間とおおかみの中間——の姿になることもあった。

それはまるで、どちらの生き方をすればいいかで迷っているように、花には見えた。

台所で、ゆでた空豆とジャガイモを雪専用の椀で直接すりつぶす。タッパーに保存した離乳食を混ぜることもある。指ですくって舐めると、空豆の甘い味がする。

雪はまだスプーンをうまく使えない。それでもわしづかみにして、なんとかマッシュポテトを掬うのだが、口に持っていくあいだにボロボロと全部落ちてしまう。結局は指でつまんで食べ、さらにテーブルに身を乗り出して拾うので、椀が盛大にひっく

り返る。でも気にしないで、もりもり食べる。テーブルの周りはあっという間にヨーグルトやこぼれたお茶でめちゃくちゃになる。

大喰らいの雪は、朝から晩まで食べ物を求めて泣きわめく。小さいのに、生命力にあふれている。

小食でひ弱な雨とは大違いだ。

まだ3ヶ月の雨は、頼りなげに花のおっぱいを吸うが、すぐにむせて乳首を離してしまう。吸う、休む、吸うを繰り返すので、とても時間がかかる。でも、乳のついた口元を拭ってやると、ふぁぁ、とびっくりしたような顔になるのが、花にはたまらなくかわいい。

雪にはそれがわかるのか、雨におっぱいをあげているときに限って、花の服や髪をつかんで肩によじ登ると、よだれだらけの唇でチューをせがんでくる。

花は、ふたりのこどもを育てるのにすべての時間を使った。干した布おむつでいっぱいの部屋で、一日中過ごした。彼の残したわずかな貯金が、生活のすべてを支えていた。

もちろん、働きになどいけなかった。

子育てして初めてわかったことのひとつは、たとえ家の中にいても、常にこどもたちから目を離してはいけないということだった。

予想のつかないことを、雪はする。

ある日、食事の支度をしている花のうしろで、雪がいつのまにかテーブルクロスを引っ張っていたことがあった。ダイニングテーブルの上のジャムを取ろうとしてのことだった。ところがジャムのかわりに米酢の瓶が手前に来て、雪の頭に落下しそうになっていた。花は気付き、あっ！ と大声をあげると、落ちそうな瓶をギリギリで受け止めた。なんとか事なきを得たが、花は大いに肝を冷やした。

それ以来、テーブルクロスは片付けることにした。

また別のある日、洗濯物をアイロンがけしている花の後ろで、雪がいつのまにかタンスの引き出しを開けてよじ登っていた。一段登っては上の引き出しを開け、さらによじ登っては上の引き出しを開ける……を繰り返すうちに、上の段になるほど引き出しが前に出て、その重みで傾いていく。花がやっと気付き振り返ったときには、目の前にタンスが覆いかぶさって来たあとだった。あっ!! と花は大声をあげた。そばに雪がいる。慌ててタンスを体で受け止めつつ、瞬時の判断でアイロンも押さえた。タンスを元に戻して事なきを得たが、もしあのまま倒れていたら、幼い雪を押しつぶしていたかもしれない。もし熱したアイロンを押さえていなかったら、何かの拍子にひっくり返って幼い雪にやけどを負わせていたかもしれない。

それ以来、花はタンスに鍵をかけ（それは昔、父が使っていた古い骨董ダンスで、

すべての引き出しに鍵がかかるようになっていた)、アイロンがけはこどものそばでは決して行わない事にした。

花は、少しでもこどもたちを傷付ける可能性があるものを、日常生活の品から慎重に取り払っていった。しかしどれだけ注意深く目配りしても、雪や雨が何をしでかすかわからないと思うと安心できなかった。

特に雪は、狭い6畳間で自由奔放に振る舞った。

おおかみの雪は、与えたぬいぐるみをバラバラに嚙みちぎる事に飽き足らず、クッションの中身をすべて引き出し、ダイニングテーブルの脚に嚙みつき、扉にも歯形を付け、本棚から大切な本を引き出しては部屋いっぱいに嚙み散らかした。おかげでどれだけ花が部屋の掃除をしても、雪にかかれば、ものの五分で無惨な姿に変わり果てた。

悪びれず大あくびする雪を見て、花はただ笑うしかなかった。

こどもたちを風呂に入れ、ようやく寝かしつけた花は、ひとりで本で勉強をするしかなかった。周囲の人に相談するわけにはいかなかった花の一日は終わらない。深夜にデスクライトの明かりの下、育児本とオオカミの生態に関する本を交互に読み比べ、おおかみこどもに最適な育て方を探る。世界のあらゆる書物の中で、おおかみと人間の二つの顔を持つこどもを育てた母親の記録は、当然ながらどこにもない。

育児の失敗は、こどもたちの命にかかわる。自分がしっかりしなければ。この子たちには自分しかいないのだから。

そう思うと、勉強を始めてしばらくすると、日々の疲れが押し寄せて、ペンを持ったまま、うつらうつらとしてしまう。ハッと気付き、目の前の本に集中しようとするが、ほどなくまぶたが落ち、気を失うように机に突っ伏して眠ってしまう。夜泣きの雨の泣き声が聞こえると、瞬時に跳ね起きてしまう。夜泣きの雨を抱っこして、だいじょうぶだいじょうぶ、と背中をさすってあげる。

おとなしい雨は、昼間は手がかからないが、夜になると夜泣きばかりする。抱いて揺すってやるとそのうち寝るのだが、下ろすとまた泣き出す。その繰り返し。乳首を嫌がるときは、脱脂綿に母乳を含ませて飲ませる。だがそれも嫌がり、ただ泣き続けるときは、どうしてよいかわからず、一晩中背中をなでつづけるしかない。昼夜問わず二時間おきの授乳。おっぱいを吸ってくれるときは機嫌がいい。乳首を嫌がると

ゆえに花は、みるみる憔悴していった。洗濯中に花は、洗濯槽に頭を突っ込みそうになった事すらあった。

おかげで、ほんの短いあいだ——例えば雨に授乳している時にでも、目を閉じれば

眠る事ができた。そして、たとえば雪が「かあさん」と呼んだら、すぐに目を開けて笑顔を見せる事ができた。

困るのは病気のときだ。
雪は生まれた頃から極めて頑丈なこどもだった。とはいえ、微熱程度はしょっちゅうあった。そのたびに花は頭を悩ませた。
医者に診せるべきか否か。
もしも診せるとすれば、小児科に診せるべきか。獣医に診せるべきか。
さらにもし診せた場合、医者たちは本当におおかみこどもにとって適切な処置を施してくれるのだろうか。あるいはその逆は？ そしていちばん心配なことは、このこどもが特別な存在だと気付かれてしまうのではないか、ということ。
心配し、うろたえる花を、かつて彼は静かに諫めた。
「大丈夫。少しくらい調子が悪くても、温かい食べ物と優しい君の手があれば、また元気になるよ」
そう言って落ち着かせてくれたことがあった。彼が亡くなってからも、花はその言葉を繰り返し思い出し、心配しすぎないように心がけた。

ただし雨は、雪と違ってひ弱なこどもであったので、よく熱を出し、治りも遅かった。時おり、どうしても投薬が必要だと思われるときには、小児用の医学書と動物用の医学書を照らし合わせ、その両方に有効な薬物を見極めると必要最低限の量を慎重に与えた。こどもたちの健康は、花の判断ひとつにかかっていた。せめて誰かに相談できたら、と思わない日はなかった。

だが結局、花がひとりで判断するしかなかった。病気ならある程度は勉強して備えておくしかない。だが事故はそのようなわけにはいかない。

秋のある夜、こんなことがあった。

ゲフッ、ゲフッ、と咳き込むような奇妙な音がした。最初、花にはそれが何の音かわからなかった。それが雪の声だと気付くのに、ずいぶん時間がかかってしまった。

ダイニングテーブルの下を覗くと、半獣の姿の雪が倒れていた。菓子と一緒に入っていた乾燥剤に、食らいついた歯形が残っていた。どろりとした吐瀉物が床に点々と散らばっていた。

「雪‼」

頭の芯がじんと痺れた。

雪を抱きかかえると、花は夜の街を走った。

気が動転していた。誰かに助けを請いたかった。なりふり構わず走った。
気がつくと、小児科と獣医が向かい合わせに建つ交差点に立っていた。
何度、ここに立ったことだろう。
しかしやはり、花はそのどちらのドアも叩くことはできなかった。迷ったあげく、公衆電話の受話器を取って、両方に電話した。
「こどもが誤って乾燥剤を食べてしまいまして……。2歳児です。ええ。吐きました。血は混じっていないです」
「シリカゲルと書いてあります。あの、危険なものでは……？　え？　食欲ですか？」
電話の向こうの医師に促されて雪を見た。
「おなかすいた」
げっぷをしながら雪は訴えた。
そして再び大きなげっぷをした。その音に雨が、花の背中越しに覗き込む。シリカゲルそのものに毒性はなく、特別な変化がなければ多めの水を飲ませて様子を見るように。食欲があればまず大丈夫だろう、と電話口の医師は言った。花はひとまずは安堵するも、これからを思いやって大きなため息をついた。
彼が幼い頃どうやって育ったのか、もっといろんなことを聞いておけばよかったと

後悔した。

「おさんぽ」

雪は散歩を要求する。

「おさんぽ！」

天気の良い日には特に激しく要求する。

「おさんぽっ‼」

毛を逆立て要求する。興奮して耳が飛び出す。この姿を人に見られてしまうかもしれないので、夜中などの限られた時間帯にしか外出しない。だが、

「おさんぽっ‼！」

と聞かない。

「もーしょうがないなあ。わかったからもー」

花は根負けし、ただし、と条件をつけた。「おさんぽのときは、おおかみになっちゃダメ」

雪はすぐに耳を引っ込めた。こどもたちに全身がすっぽり隠れるフード付きの服を着せると、散歩に出かけた。

公園は見事な紅葉だった。落ち葉を踏むと、カサカサと心地よい音を立てた。ひんやりした空気が、清々しく気持ちよかった。

たくさんの母親と子供が散歩しているのを目にした。だが花は、その輪の中に入ることはない。遠巻きにそれを眺めるだけだ。

公園の片隅に咲くシュウメイギクの前にしゃがみ、匂いを嗅がせた。雪はモミジの落ち葉を拾って太陽に透かせ、自分の手と見比べたりしていた。穏やかな時間が流れた。

途中、ビーグル犬を連れた優しそうな中年の男に、

「こんにちは。かわいいねー」

と、すれちがいざま声をかけられた。

花は素直に嬉しくて、男に会釈すると、

「かわいいだって。よかったねー」

と、雪を見た。

カラフルなニットの服を着たビーグルが、雪に興味を持って近寄ると吠えたてた。中年の男は「コラ、だめだよ」と苦笑しながらリードを引く。

そのとき。

雪は突然花の手を振りほどくと、落ち葉を蹴散らして近付き、ビーグルの鼻面へ、
「ガルルルルッ！！！！」
と威嚇した。
フードの下は、おおかみの顔だった。
ビーグルは怯えたように尻尾を巻いて男の足に隠れた。中年の男は、ぎょっとして雪と花を見比べた。
「…………すみません……！」
花はあわてて雪を抱えると一目散にその場を逃れた。
――見られてしまったかもしれない。
こどもたちを隠すように抱いて、周囲を気にしながら早足で家路を急いだ。
ベビーカーを押している夫婦が、花を不審げに振り返った気がした。
駅前のロータリーでバスを待つ若い母親とその子供が、花を振り返った気がした。
子供を自転車に乗せた主婦が二人、花を見てなにか呟いた気がした。
古いマンションのベランダから、子供を抱いた親が花を見下ろしている気がした。
狭い路地の向こうから、母子が花を見ている気がした。
花は、暗い路地裏を逃げるように走った。

問題は立て続けに起こった。

雨の夜泣きはいよいよ激しく、一晩中泣き止まないこともあった。

ある夜、アパートの隣人の男が乱暴に戸を叩いた。

「何時だと思ってんだ。黙らせろよ」

その大声に、雨はびっくりして泣くのをやめた。花がドアを開けるやいなや、男が酒臭い息で怒鳴り散らした。ジャージ姿のまま、たまりかねたように。

「毎晩毎晩うるせえんだよバカヤロウ」

「すみません、本当に……」

花は平謝りに謝った。

「しつけぐらい親だったらちゃんとしろ」

男は吐き捨てるように言い残し、力任せにドアを閉めた。

再び火がついたように、雨が泣き出す。

しかたなく雪を揺り起こして、近くの神社に雨をあやしに出かけた。

「よしよし。大丈夫だよ。よしよし」

暗い境内で、雨が泣き止むのを待っているあいだ、雪は眠い目で手持ち無沙汰に落ち葉なぞをいじっている。すると、酔ったサラリーマンたちの笑い声が境内の向こうから聞こえる。花はびくっとして雪を掬い上げると、怯えるように早足で神社を出て、

ほかの場所を探した。
　だがこの都会で、ほかの場所などある訳もない。
　また別の夜、近くで鳴りひびく救急車のサイレンの音に反応するように、こどもたちは遠吠えを始めた。花は人差し指を口に当てて、静かにするように懇願した。しかし、いくら頼んでもこどもたちは遠吠えをやめなかった。
　すると翌日、大家がやってきた。
「うちのアパート、ペット禁止って契約書にちゃんと書いてあるわよね」
　大家は痩せた腕を組んで言った。
「ほかの店子さんから犬の鳴き声がするって。規則違反じゃないかって」
「——飼ってません」
「嘘おっしゃい。野良犬を二匹抱いてウロウロしているのを見たって人もちゃんといるんだからね」
「——」
「とにかく、勝手なことをするんだったら、うちとしてはどこか好きなところへ行ってもらうしかないの。いいわね?」
　出て行け、引っ越しをしろ、ということだった。だがどこへ引っ越せばいいのか? 花には皆目、見当がつかなかった。

また別の日には、見知らぬスーツ姿の男女が尋ねてきた。
「児童相談所？」
「ええ。ウチとしてもお子さんたちのことを大変危惧しているわけでして」
「どういうことでしょうか」
薄く開けたドアの隙間から、女がファイルを片手に乗り出して来る。
「調べましたら、ご姉弟とも定期検診や予防接種を一度も受けておられませんよね」
「大丈夫です。元気ですから」
花は話を打ち切ってドアを閉めようとしたが、女の方は閉めさせまいとする。
「ならばですね、お顔だけちょっと見せてもらえませんか」
「いや、それは」
「ちょっとでいいんです」男が懐柔の笑顔のまま、無理に部屋の中を覗き見ようとする。「おっしゃることが本当かどうか、確認するだけですから」
「こ、困ります」
花は懸命にドアノブを引いた。閉めた扉の向こうで、女のヒステリックな声がした。
「このままじゃ虐待やネグレクトを疑われてもしょうがないんですよ！」

それ以来、花はドアを開けるのが怖くなった。

郵便受けに来る封書を見るのも嫌になった。誰かが呼び鈴を押しても、無視した。

それでも呼び鈴は鳴り続けた。とげとげしく、責めたてるように。

花は、こどもたちの寝顔をぼんやりと見つめて、やり過ごした。

今まで精一杯、がんばってきたつもりだった。

だが、おおかみおとこのこどもを育てるには、人がたくさんいる場所では目立ちすぎる。都市の中でこのまま過ごせば、すぐに限界が来るだろうと感じていた。

早朝の人のいない公園に、3人で出かけた。外出するのは久しぶりだった。冬の冷たい空気が肌を刺した。

雨と雪は白い息を吐き、霜を踏み鳴らし、広大な芝生を縦横無尽に走り回る。フード付きのつなぎ姿のまま、おおかみの姿からこどもの姿へ、そしてまたおおかみの姿へとめまぐるしく変化した。狭いアパートの中で持て余していた不満を発散するように、ふたりのおおかみこども――おおかみ雪とおおかみ雨は追いかけっこを楽しんでいた。のびのびとしたふたりの笑い声がこだましました。

花は、身を縮めてベンチに座り、力なくそれを見ていた。

気苦労と生活の疲れは、ピークに達していた。

「……ねえ」

弱々しい声で、雪と雨を呼んだ。

「なあに、かあさん」

息を切らしてこどもたちがやって来る。

花は、大きく息を吸って、ため息のように吐いた。それから、ひとりごとのように呟いた。

「これから、どうしたい？」

「？？」

「どう生きたい？」

「？？？？」

「——人間か、おおかみか」

「？？？？？？？」

半獣の姿の雪と雨は、きょとんと首を傾げた。

もちろん、答えが返ってくる訳ではない。

だがふたりのこどもの顔を見ていると、ゆるやかにではあるが元気が戻って来るのを感じる。疲弊してすり切れた気持ちが徐々に消えて、替わりに、今までとは違う別の力が湧き出してくる。

花は、やさしい笑顔を向けて言った。
「引っ越そうと思うんだ。どちらでも選べるように」
そして遠くの空を見た。
木々のあいだから、力強い朝日が昇ってくる。
眩しい光が、花たちを照らした。
新しい朝だった。

2

春。
 スーパー農道、と呼ばれる立派に舗装された道路から脇道へ入り、杉林の暗がりを通り抜けると、見事に折り重ねられた棚田の連なりが視界に飛び込んで来る。山から注ぎ込む雪解け水が、用水路の白い車の助手席で、見るとはなしに見ている。
 東京から遠く離れた、田舎の風景だ。
 役場の若い職員・黒田は、道幅が狭まっても速度を落とすことなく、器用にハンドルを操り、先ほどからずっと喋り通している。
「町役場で空き家の紹介始めてから、田舎暮らししたいって人がぼちぼちやってくるんだけど——、続かないんだな。だって見ての通り、何にもないんだもの。小学校も病院も車で30分。中学に上がればバスと電車で片道2時間半。往復5時間だよ。いくら環境のいいところで子供を育てたいって言ったって——おっと」
 とつぜん舗装道が途絶え、車が大きくバウンドした。

「——町の方が便利だと思うけどねー」

後部座席の雨と雪は、長旅の疲れでぐっすり眠りこけている。激しい振動でも、目を覚まさない。

車窓から木々越しに遠くの雪山が見えた。

花は手帳に挟んだ写真と見比べた。

いつか彼が話して聞かせてくれた、ふるさとの山だった。

道の脇に車を停め、革靴からゴム長に履き替えた黒田が、眼鏡のブリッジをずり上げながらずかずかと坂道を登っていく。そのあとを花も、眠るこどもたちを抱いて歩み行く。

新緑の広葉樹にうずまるように、その家はあった。

「……大きい……！」

築百年のおんぼろ古民家、と黒田は言う。

だが想像よりずっと立派な建物だった。太い柱に支えられた瓦葺きの一枚屋根が、午前の光にどっしりとした陰影を落としている。かつてこの地が林業で栄えたころを偲ばせる屋敷だった。花たち三人はおろか、三世代の大家族でも暮らせそうなほどの大きさだ。

しかしよく見ると、薄汚れたガラス戸は割れて、ガムテープで乱暴に補修されている。土壁はところどころ崩れ、下地の竹が露出している（クマゲラが穴を開けるのだと黒田は言う）。人が住まなくなってから何年も放置されていたに違いなかった。母屋の向かい側には扉の外れた納屋があり、山道へ続く斜面にあるもうひとつの小屋は、雪の重みのせいか、今にも倒れそうに傾いている。
「そりゃ、家賃ったってタダみたいなもんだけどさ、修繕費、バカにならないよー。空き家っていうより、ほとんど廃屋だものこれ。――あ、土足でいいですよ」
そう言われたものの、花は靴を脱いだ。土間から玄関に上がると、床がギシギシと音を立てた。

大広間は二〇畳はあるだろうか。天井は巨大な梁（はり）が交差する吹き抜けになっている。畳は雨漏りでところどころ変色して、かび臭い匂いを放っている。破れた襖（ふすま）や障子が無造作に立てかけられ、戸棚や家具のいくつかがそのままに置かれてある。囲炉裏部屋にブリキ製の薪（まき）ストーブが据えられているが、どうやら暖房器具はこれのみのようだ。台所は、たらいや鍋（なべ）が、打ち捨てられたようにほこりをかぶっており、タイルの壁面に通したビニールホースから、沢水が滾々（こんこん）と流れ込んでいる。
「でも一応、電気は来てるし、沢の水も涸（か）れていないし、納屋のものも使っていいってことだから」

黒田は風を通すため、13枚もある縁側のガラス戸を全て開け放った。雑草が生え放題の前庭が視界に広がる。花は、屋敷林が途絶えた先にある開けた場所に気がついた。

「畑ですかね、あれ」

確かに荒れた田んぼらしきものが見える。黒田は、縁側からそのまま庭に降りた。

「あ、この土地は自給自足には向かないよ。動物が山から下りてきて畑を荒らすのよ。イノシシとか、サルとか、クマとかね。手間をかけて野菜を作っても、全っ部喰われちまう。この辺が空き家ばっかりなのは、人間の方が追い出されちゃったからなのよ」

「じゃあ、ご近所は」

「ご近所ったって、ずっと下りないと人に会わないよ」

「そうなんですか」

黒田は、ため息まじりにあたりを見回した。

「ほかのところ、見ますか。里の方でもう少しましな——」

すると、

「決めました」

「え?」

「ここに、決めました」

花は、笑顔を向けた。

黒田はあっけにとられ、眼鏡の奥の目をぱちくりさせた。

「……なんで?」

こどもたちが目を覚ましたのは、黒田が去ったあとだった。

「新しい家」
「うああああっ!」

雪は叫ぶと、縁側から裸足のまま草ぼうぼうの庭へ走り出た。積雪の重みで傾いた小屋をすぐに発見し、「ななめってる!」と嬉しそうに真似して傾いてみせた。

庭先の水汲み場をぐるりと廻り、突如しゃがみ込んで蟻の行列に「こんにちは」と挨拶して丁寧にまたいだ。

庭の裏手に潰れた蔵の跡を発見し、うおおおおっと興奮して突進すると、ヒョイヒョイ屋根によじ登っては喜びの奇声を何度も発している。

雨は、母屋の柱の陰からそれを臆病そうに覗き見る。と、目前の柱をヤモリが横切

った。雨はぎゃあああと叫ぶと、慌てふためいて縁側を飛び降り、スキップで戻ってきた雪に助けを求めるようにしがみついた。花は縁側にしゃがんでふたりに訊いた。
「どう？　気に入った？」
雪は、たくましい足で立ち上がると、
「気に入った！」
と大声で叫んだ。
雨は、姉の服の裾をつまんで、
「もう帰ろうよ」
と弱々しい声を上げた。
ふたりは、5歳と、4歳になっていた。
雪は、明るくて行動的だった。長い黒髪と美しい顔立ちの娘で、家事をよく手伝い、よく食べ、よく笑った。絵本や紙芝居をすぐに覚えて、空で言えた。
雨は、おとなしくて内省的だった。頑固で引っ込み思案で泣き虫で甘えん坊で心配性だった。不安でしくしく泣き続けるときは、「だいじょうぶだいじょうぶ」と、おまじないのように背中をさすってあげる必要があった。
彼と過ごした東京のアパートを引き払おうと決めてから、適切な場所を選ぶのに数

先ほど黒田は、この土地は甘くない、田舎暮らしにただ憧れているだけなら長くは続かない、と忠告するように付け加えた。だが花は意に介さなかった。むしろ絶好の場所だと思った。人目につかずにおおかみおとこのこどもを育てるには、むしろ絶好の場所だと思った。こどもたちが、おおかみと人間、どちらの道を選べるようにしなければいけないと考えた結果、おおかみと人間、どちらの道を選べるようにしなければいけないと考えた結果だった。

納屋には、以前の住人が残した品が所狭しと並んでいた。鍬や鎌などの農具類もとより、足踏みミシンや、子供を乗せる補助イス付きの自転車まであった。花は、棚にある大工道具の箱を引き出して、その中身を丁寧に確かめた。まずはこの家を修理して、最低限でも住める状態にしなければならない。

棚田に役場の白い車が停まっている。

「なんでも周りに人が住んでいないところがいいって。まあ変わり者っていうかね」

黒田は、風変わりな移住者のことを、里の老人たちに報告した。

老人のひとり、カラーレンズの老眼鏡を掛けた細川が、まるで作家のように尋ねた。

「旦那は?」

「さあ」

老人のひとり、タオルを首に巻いた山岡が腕組みをして、科学者のように尋ねた。
「収入は?」
「さあ」
細川と山岡は、呆れたように顔を見合わせた。
「じゃ、子供抱えてどうやって暮らしていくんだい?」
「さあ……」
黒田は、困ったように首の後ろを掻いて辺りを見回す。黙々と鍬で畦の土寄せをするもうひとりの老人が目に入った。
「あ……韮崎のおじいちゃん。今度はお手柔らかにお願いします」
韮崎と呼ばれた長身痩軀の老人は、哲学者のように不機嫌な顔を向けただけで、何も言わなかった。

翌日、花は夜明けとともに起きると、戸を開けて前庭を見回した。
山の空気がひんやりとして気持ちよかった。陽の光が木々を照らし、まるで祝福するようにまぶしく輝いていた。朝の静けさの中に、沢水の流れる音が心地よく響いていた。
花は胸いっぱいに深呼吸をして、

「よし」
と気合いを入れると、早速、家の掃除を開始した。
まずは畳をすべてはがし、外した障子や襖とともに縁側の外へ立てかけた。部屋は数えると九つあり、大広間や仏間、納戸、囲炉裏部屋などを合わせると、広さは全部で六〇畳以上もあることがわかった。

古いはたきで家中の天井や柱を勢いよくはたき、すり切れた座敷ほうきでむき出しの床板を手早く掃いた。堆積した汚れやほこりがもうもうと舞い上がる。防塵用に顔に巻いていたタオルがまるで効果がないほどで、花は何度もくしゃみをし、その勢いで腐った床板が抜けた。

見上げると、ちょうどその上の天井に雨漏りの染みが付いていることに気付いた。脚立に登り、腐った天井板を押し上げると、中から大型のムカデがドサドサと落ちて来る。それにもめげず屋根裏に首を突っ込むと、暗闇からいくつもの光の筋が見えた。まず屋根から修繕すべきだった。はしごを掛け、おっかなびっくり屋根に登った。傷んだ屋根板に古材を打ち付けて修繕した。ずれた瓦は元に戻し、割れた瓦は納屋にあった予備の瓦にひとつひとつ交換した。再び屋根裏を覗き、穴が塞がっていることを確認した。

ところが翌日に雨が降ると、修繕したはずの屋根のあちこちで雨漏りがしていた。

なので、ありったけの瓶や皿を床いっぱいに置くはめになった。花はうらめしそうに天井を見上げた。

翌日は晴れたので、再び屋根板に登り、以前より念入りに屋根板を修理した。

だがさらに翌日、雨が降るとやはり雨漏りがしていた。雨漏りの箇所は以前よりも減ったものの、どこかにまだ把握しきれていない修繕すべき箇所があることを示していた。花はため息をついて天井を見上げ、粘り強く対処しなければならないと覚悟を決めた。それからしばらく、雨漏りとの戦いに相当の時間を費やした。

屋根の修繕に一定のめどがつくと、花はぞうきんで家の中をくまなく拭いた。いくら拭いても終わりが見えないほど家の中は広かったが、それでもめげずに拭き続けた。おかげで床は見違えるようにきれいになったが、反対に花の手や顔がどんどん汚れていった。

雨は、縁側を丁寧にぞうきんがけする花を、そばでじっと見ていた。拭くから少しどいて、という言葉を聞き分け、おとなしく手がかからなかった。

対して雪は、

「かあさん見て見て！」

と庭から飛ぶように戻って来て、両手いっぱいに持ったカエルやらミミズやらダンゴムシやらといった獲物を、いま拭いたばかりの床に放り出した。

「褒めて!」
と言わんばかりににこッと笑った。

あぜんと顔を上げる花に、雪は泥だらけの顔で、花が家の掃除と格闘しているあいだ、こどもたちは庭を隅々まで冒険した。

雪は、花畑に埋もれては神妙な顔つきでミツバチを観察し、柿の木によじ登れば名も知らない小鳥に手を伸ばした。雨はいつも雪から離れた場所で怖々と様子をうかがい、なにかあれば一目散に逃げた。

明らかに威嚇の声を張り上げる野良の三毛猫にも、雪は手を出した。

「ネコちゃんおいで。おいで」

なわばりを主張する三毛猫が、でっぷりした体に似合わない鋭い爪で牽制の猫パンチを繰り出してくる。危うくひっかかれそうになってもひるまず、子おおかみの姿になると、ウォン! と一吠えしてみせた。そのありえない変わり身に、三毛猫は金切り声をあげて慌てふためいた。おおかみ雪は笑いながら三毛猫を休耕田いっぱいに追い回した。それ以来、三毛猫は雪の姿を見ると、にゃーんと尻尾を巻いて逃げるようになった。

家の掃除は、仕上げの段階に入っていた。

花は、家の隅々を根気よく丁寧に磨き上げた。磨けば磨くほど、この家本来の姿が

浮かび上がってくるようだった。古い建具の汚れを取り除くと、はめ込まれたガラスに施してある美しい細工が姿を現した。しばし手を休め、陽の光にきらきら輝く繊細な模様に見惚れた。古い流しの汚れをタワシでごしごし擦ると、その奥に豊かな彩りのタイルを発見した。埋め込まれたモザイク模様の可憐な姿に思わず息をのみ、色彩を確かめるように指でなぞった。打ち捨てられたはずのこの家が、いかにかつての住人に愛されていたかを、花は感じ取った。茶箪笥や曇りガラスのひび割れに、セロハンテープを貼り丁寧に補修した。張り替えた障子に、桜の模様の継ぎ当てをあしらった。

柱に子供の背丈を測った傷が残っているのを発見した。花も雪と雨を立たせて背丈を測り、その位置を柱に刻んだ。雪5歳、雨4歳の記録だった。小さな冷蔵庫のプラグをコンセントに挿し、本棚とちゃぶ台を大広間に置いた。この山の家に置くと一層東京から持ち込んださささやかな家財道具を家の中に配置した。小さく、不釣り合いに思えた。本棚の上に、春の野花を挿した瓶を置き、そこへ彼の免許証を立てかけた。大広間から縁側を見渡せるこの場所からなら、こどもたちをいつでも確かめることができるだろうと考えてのことだった。最後に、傷だらけになった自分の指に絆創膏を貼り付けた。ようやく最低限住めるまでに整えられた。

納屋にあった古い自転車を駆り出して、里まで買い物に出かけた。坂道を心地よいスピードで下ると、雪は大いにはしゃぎ、そして雨はひどく怖がった。田植えを終えた棚田には、稲の苗が風に揺れていた。掃除に熱中しているあいだに、ひとつ季節が進んだことを感じた。

里の小さなよろず屋で生活に必要なものを買い、代金を支払った。財布の中の千円札が次々と消えた。店の軒先に、野菜の種が何種類も並べて売られている。それをなにげなく見ていると、ふいに背後で客の婦人が店主と小声で話すのが聞こえた。花は、隠すように雪と雨を自転車に乗せ、そそくさと店をあとにした。

自転車のハンドルに買い物袋をいっぱいに下げて、来た道を戻った。帰り道は上り坂ばかりで、花は汗だくになった。家にたどり着く頃には、すっかり日は暮れていた。真っ暗な山の中に、ぽつんと花の家の明かりだけが灯っている。

冷蔵庫に食品を詰めると、手早く夕食の準備をした。串に刺した鶏肉とピーマンを網で焼き、その一本を彼にお供えした。

食事のあと、こどもたちと風呂に入った。掃除したての浴室は、清潔で心地よかった。湯船の中で花は、ふうっとため息をついた。家を整え終えたことにホッとし、また同時に、それらにかかってしまった出費を思った。必要なものを買い物で済ませられるのは、彼の貯金が残っている今のうちだけだった。

「これからはなるべく節約しないと……」

石けんで泡だらけの雪が訊き返した。「せつやく?」

「フフフ……。せめて野菜ぐらい作れるようにならないと、と思ってね」

「雪もつくるっ!」

体を震わせ全身の泡を飛ばし、目をキラキラ輝かせた。

里の広場には、バスを改造した移動図書館が週に2回やってきた。

「ちょっと待ってて」

こどもたちにフードをかぶらせ、外で待たせた。

花は、自家菜園の本を次々と引き出しては、内容を確かめた。以前、農業のことなど何も知らなかったが、節約のために勉強する意気込みだった。もちろん忘れてはいない。だが、給自足には適さない場所であると告げられたことは、花の家が自少し作るくらいならなんとかなるかもしれない。それにちゃんと自分で試してみなければ何もわからないではないか。

初心者向けのいくつかを念入りに選ぶと、貸し出しカウンターに積み上げた。

「お願いします」

すると、

「これもお願いします」
いつのまに選んだのか、何冊もの絵本を差し出す雪の姿がある。背伸びしたせいでフードがずり落ちた。
おおかみの耳があらわになっている。
「雪っ!!」
花は、慌ててフードで隠した。
「あのー」
本の向こうから、係の女性が顔を出す。「貸し出しは、8冊までです」
どうやら気付かれずに済んだようだ。花は胸を撫でおろした。

不用意におおかみの姿になってはいけないということを、あらためてふたりに教育しなければならない。
家に戻ると、花はスケッチブックにパステルクレヨンで、雪と雨の絵を描いた。
「いい? 雪と雨が、おおかみこどもだっていうのは、わたしたちだけの秘密」
「うん!」
「うん」
花は、ふたりの姿に、おおかみの耳としっぽを描き加えた。

「もしも急におおかみになったら、ほかの人はみんな、とてもびっくりする」

「びっくり!」

「びっくり!」

花は、描きながら辛抱強く言った。

「だから、ほかの人の前でおおかみになっちゃダメ。ね? 約束」

「わかった!」

「わかった」

花はさらにページをめくり、クマとシカとイノシシの絵を描いた。

「それとね、もうひとつ。もしも山で動物に逢ったら、人間のように偉そうにしちゃダメ」

「なんで?」

次のページに、おおかみの耳を立てた彼の姿を描いた。

「お父さんはおおかみでもあったの。そんなことをしたら、きっとお父さんが悲しむよ」

「わかった!」

「わかった」

こどもたちは、じっと父親の絵を見つめた。

最後に花は、人間とおおかみ、どちらの生き方も自由に選ぶ権利があることを、こどもたちに示した。

彼がそうであったように。

雨はひとり縁側で、絵本を見ている。

それは雪が移動図書館で借りた絵本で、表紙には大きく口を開けて牙を剝く、強そうなオオカミの絵が描かれていた。必然的に雨はオオカミに感情移入してページをめくった。このオオカミはどんな活躍をするのだろう、と。

だが読み進めるうち、雨の期待は裏切られた。絵本の中のオオカミは凶暴で、ずる賢かった。善良な村人を平気で傷つけて楽しむような憎むべき存在だった。

最後のページは、オオカミが村人たちに銃を向けられ、追いたてられている絵だった。オオカミはしっぽを巻き、大きな口をゆがめ、もうしませんと涙ながらに訴えていた。

雨は顔を上げ、自分と絵本の中のオオカミを、心の中で比べた。

そのとき花は、家の横の荒れた休耕田に立っていた。

借りてきた本から詳細に取ったメモを見直した。必要な道具を納屋から見つけ、肥料など足りないものはホームセンターで調達した。

生い茂る一面の雑草を抜くと、へっぴり腰で鍬を振り下ろし、目につく限りの石を拾っては畦の向こうに捨てた。耕耘に数日を要した。

肥料を土に混ぜ込むと、見よう見まねで畝を作った。そこへ片っ端から野菜の種を蒔き、雪や雨と一緒にじょうろで盛大に水をまいた。これでいいはずだが、と花は心配げに畑を見た。肥料や種の代金は、決して少なくはない負担だった。

数日後、畑から双葉が開いていたのを見つけて、花はほっとした。こどもたちは大はしゃぎしている。初めてなので最初から成功すると思っていたわけではなかったが、これは案外うまくいくかもしれないと期待を持った。その後、本の手順に従い、間引きし、追肥を施した。作物は順調に育った。この調子でいけば夏の前には一定量の収穫があるはずだ。

ところが雨上がりのある日、畑の様子を見ると、植えた作物はことごとく枯れてしまっていた。

「あああああっ！」

しんなりとした葉っぱを前に、雪が、なんで？ と訊く。

花は困って本を読み返し、このとおりにしたつもりだったのに、と誰にともなく呟

いた。予算不足で肥料が充分ではなかったのが原因かもしれない、と思った。
　棚田の雑草取りをする里の老人たちのところへ、声をかける者がいる。
「あのー、すみませーん！」
　細川や山岡が腰を上げて、声がする方へ振り向く。
　遅れて韮崎も見ると、畦に咲くアジサイの向こうに、雑木林を指差している花がいる。
「え？」
「林の中の落ち葉、貰っていいですかー!?」
　あっけにとられたように細川が訊き返す。
「なんだって!?」
「落ち葉ですー！」
「そんなもん、貰っていいかなんて訊く奴ァいないよー！」
　山岡は呆れたように答えた。
「花は、ありがとうございますー」、と一礼し、林の中に入っていった。
　細川と山岡は顔を見合わせる。
「いつまでもつかね」

「そのうちコンビニがねえ、カラオケ屋がねえって騒ぎだすぞ」
「違いねえ」
ふたりは苦笑して仕事に戻った。
「………」
韮崎は黙ったまま雑木林を見ていたが、やがて不機嫌そうに背を向けた。

花は、失敗した作物をすべて引き抜き、かわりにビニール袋いっぱいに集めてきた落ち葉を畑にまいて鍬で土に混ぜ込んだ。
そして新たに買ってきたトマトと茄子の苗をポットから出して、ひとつずつ丁寧に植えた。
「こんどこそ」
正直、これ以上の苗の出費は家計を圧迫してしまう。それに夏が迫っている。これが失敗すれば夏野菜は諦めざるを得ず、次は秋植えの時期を待たなければならない。
花は、祈るような気持ちで土を株元に寄せた。
すると、
「……かあさん」
傍らで鼻をすすり上げるか細い声がして、花は顔を上げた。

「……雨! どうしたの!?」

泣きべそをかいた半獣の雨が、傷だらけの赤く腫れた顔を向けている。

花は雨を抱き上げると、急いで家に戻った。

座敷でおやつをほおばる雪が、事もなげに説明した。

「三毛猫。おおかみのくせに弱っちいから、目ぇつけられてんの」

花は、雨の涙を拭ぐうと、鼻先の傷に軟膏を塗ってやった。

「かすり傷よ。なんともない」

「そんなんじゃ生きていけないよ」

「雪」

花はたしなめるように雪を見た。

雨は、花にもたれると甘えた声で要求した。

「だいじょうぶして」

「だいじょうぶ、だいじょうぶ」

花は、優しく雨の背中をおまじないのように撫でた。雨は安心したように花の膝に顔を埋めた。そんな雨の態度を、雪は気に入らないようだった。立ち上がると皮肉まじりに大声で言う。

「雪なんかイノシシにだって負けないもん」
「イノシシ、見たの？」
「見たよ。サルもカモシカも見たよ。でも全然怖くないもん。追いかけたら逃げていくのがおもしろいし、それに」
「雪」
「それに、おしっこしたら——」
「思い出して。動物たちの前で偉そうにしないって」
「でも」
「お願い」
雪はあきらかに不満そうな顔をした。なぜ褒めてくれないのか、とでも言いたげに。しかしぐっとこらえると、おとなしく座った。
「——はい」
「ありがと」
雨が、再度要求する。
「もっかい、だいじょうぶして」
「……だいじょうぶ、だいじょうぶ」
雨の背を撫でつつ、花はひとりごちた。

「でも確かに——」

こんなんじゃ、生きていけない、かもしれない。

人間としての生き方は、あるいは教えてあげられるかもしれなかったが、おおかみとしての生き方を、どうやったら教えてあげられるのだろう。

「おおかみの子って、どうやって大人になるんだろう?」

彼の写真を見上げた。

花は、雪と雨を連れて、近くの山にピクニックに出かけた。

ひとけのない登山道はすっかり夏の装いで、鬱蒼と繁茂するクマザサが行く手を阻んだが、雪は拾った枝でかき分け、ぐんぐん先を進んでいく。

花は、嫌々登ってくる雨を待っていた。

「雨、さあ行こう」

「おんぶ」

「待って、雪」

「遅いよ。もー」

「え? もう?」

まだいくらも登っていない。が、雨は頑(かたく)だった。「おんぶ!」

上り坂から雪のせかす声がする。「もー早くっ!」

花が笑顔を向けると、雨はしぶしぶ歩き出した。

休憩の途中、花は、オオカミの生態に関する児童書を開いて読み聞かせた。

『オオカミは生後4ヶ月を過ぎた頃から狩りを始めます。まずはネズミなどの小動物で狩りを覚え、成長するにつれ大人のオオカミとチームを組み』……

「チーム!」

雪が、雨の手を取って腕を組んだ。雨は鬱陶しそうにそれを振りほどくと、膝を抱えて下を向く。

「いやっ」

「ふん。いいもん」

雪は、鼻面を風にかざして匂いを嗅ぐと、雨を置いて駆け登っていく。

「あんまり遠くへはいかないで」

「うん!」

着ていたワンピースを首に巻き、たすき掛けにした水筒を揺らして、おおかみ雪は森の中に消えた。

残された雨は、

「ねえ、もう帰ろうよ」

と唇を尖らせた。花は、雨の気を取りなすように葉をちぎって手に取ると、
「ねえ、これ、食べられるかな」
と野草図鑑を繰って見分け方を調べた。
「……」
雨は、不満そうに枝で地面をほじくった。

夏の太陽が木々の葉のあいだからまぶしく降り注ぐ森の中で、おおかみ雪は、狩りの実践を試みた。
旺盛な好奇心の赴くままに、樹液のしたたる木の種類を覚え、足跡の形の違いに気を配り、ふんの匂いの違いを比べ、目に見えない気配に目を凝らし耳を澄ました。いったん動くものを見つけると、それをどこまでも追い立てた。クワガタに鼻先を挟まれても気にしなかった。ウズラに音を立てず慎重に忍び寄り、野ネズミの巣穴を飽きることなく掘り返し、アオダイショウに威嚇されてもひるまず、野ウサギのしっぽを追って林の中を執拗に駆け巡った。それらはすべて家にある昆虫図鑑や動物図鑑で既に見知ったものなので、実物に出会えたときの嬉しさはひとしおだった。捕まえると、くわえたりにおいを嗅いだり前足で触れたりして、よく観察した。6本足の昆虫や足のないヘビを不思議に思った。鳥の翼を開いてみてその羽根の色彩に感動した。

ウサギの後ろ足の美しい筋肉の躍動に見とれた。ひとつの狩りが成功すると、より困難な課題につぎつぎと挑戦していった。

つまり、この雪の狩りは、空腹を満たすものでは全くなかった。狩猟本能、などと呼ばれるいかにも紋切り型な暴力衝動とも違っていた。ただ、初めて触れるものがひたすらに珍しく、面白いだけであった。そうして、やがていつかは森全体をすべて把握してやろうという強烈な意欲に溢れていた。

雨は、うまく土になじめなかった。未知のものには決して近寄ろうとはしなかった。ただ花のうしろをよたよたとついていくのが精一杯だった。
岩だらけの葦原に、一本だけ枯れ木が佇んでいる。
その幹に、雨は緊張と疲労で手をついた。
「あ、ほら雨、見て」
と花が振り返ったとき、
「おえっ」
雨が、枯れ木の根元に胃液を吐いた。
上空を漂う鷹が、そんなひ弱なおおかみの子を、いまにも狙っているように見えた。
花は、うずくまる雨の傍らにしゃがんで寄り添うと、

「だいじょうぶ、だいじょうぶ」
と、こわばった背中をさすった。
雨は顔を伏せ、縮こまったままだった。
雪が、捕えた水鳥をかざして意気揚々とやってくる。
「かあさん見て見て！　川鵜だよ！　向こうに沢があって——」
「しーっ」
花は人差し指を立てて静かにするように示すと、ふたたび雨の背中をさすった。胃液でぐしょぐしょの雨の頰を、大粒の涙がつたい流れた。涙の奥に、頑なまなざしがあった。

「かあさん」
「ん？」
「オオカミって、どうしていつも悪者なの？」
「悪者って——、絵本？」
「みんなに嫌われて、最後には殺される。だったら僕……、おおかみはイヤだ」
花は一瞬、絶句した。
「——そうね」
「——」

「でも、おかあさんは、おおかみが好きよ。みんながおおかみを嫌っても、おかあさんだけは、おおかみの味方だから」

「——」

雨は、はっとしたように顔を上げ、花を見た。

帰りは、雨をおぶって山を下りた。

花の背で、雨はいつのまにか寝息を立てていた。こんなに幼い心の内にも存在の葛藤を抱えているのかと思うと、胸が締め付けられた。家に戻ってからも、眠る雨を膝の上に乗せて、その髪を撫でてやった。夏の日差しはすっかり傾いていた。

畑から雪の呼ぶ声がした。

「かあさん! かあさん!」

花は様子を見に行った。

「なに? どうしたの?」

「また枯れてる」

トマトの株の前で、雪が振り返った。

「ええっ!?」

花は驚いて声を上げると、株の前にしゃがみこんだ。

葉が部分的にしおれ黄変していて、葉の端が上側に巻いている。下の方ほどしぼんでいるように見える。

「病気……これ全部……まさか……」

植えた株すべてに同じ症状が出ている。確実に何らかの病気だった。病名はよく調べてみないとわからない。だが畝全体が全滅なのは、素人目にも確実に思えた。花は、気が遠くなった。実は赤く熟す直前だった。このまますこしの収穫も得られないで終わってしまうのか。生育には充分に気を配ったつもりだった。なのに今までの苦労は何だったのか。

「かあさん……」

声がして、ハッと振り返った。

「わたしたち、これからどうなるの？」

雪は、直感的に、ただならない事態を察知しているようであった。その言葉が花に重くのしかかった。すぐにはその問いに答えられず、言葉を詰まらせた。しかし不安を拭うように首を振ると、

「……だめねおかあさん。もっと勉強しなきゃ」

と無理やりに笑顔を作った。手を伸ばし、雪の頬に触れた。親指ですべすべした肌を撫でていると、不思議と心が落ちついてゆくのが自分でもわかった。

「また、手伝ってくれる？」

「……いいよ」

「ありがと」

顔をこわばらせながらも雪がうなずいてくれたので、救われた気がした。その天井に腕をのせ、視線を投げかける人物がある。

ふと畑の畦の向こうを見た。道路脇にサニートラックが停まっている。その天井に腕をのせ、視線を投げかける人物がある。

里の老人、韮崎だった。

花には見覚えがあった。確か落ち葉を貰ってもいいかと尋ねたときの、老人のうちのひとりだった。

雪に家に戻るように指示すると、ひとり韮崎のところへ歩み寄った。

「こんばんは」

「――」

韮崎は答えない。じっとこちらを見たままだった。

花は笑顔を絶やさずに続けた。

「ご挨拶にうかがおう、うかがおうと思っているうちにバタバタしちゃって――」

「――」

「食べ物を作るのって難しいですね。本で読んだとおりにしても失敗ばっかりで

「……」
「——」
「でもここはいいところですね——。自然がいっぱいで——」
突然、韮崎が口を開いた。
「何が自然だ。今日植えて明日育つわけがないだろ」
「え?」
「それじゃあ何回作っても同じだぞ。そう、思わんか?」
その声には、静かな侮蔑の響きがあった。花は戸惑って言いよどみ、曖昧な笑顔を向けた。
「そ……それは……」
「笑うな」
「……!」
「なぜヘラヘラ笑う」
「——」
「笑ってたらなにもできんぞ」
韮崎は言い残すと、無愛想にバタンとドアを閉めて車を出した。
花は笑顔が凍り付いたまま、呆然と見送った。

しばらくは、その場から動くことができなかった。

それから、日没後のわずかな光の中で、枯れた株を引き抜いた。なにを言う気力も残っていなかった。

雪は手伝いながら、ぼそりと呟いた。

「あのひと、こわい」

「ううん。おかあさんが何にも知らないのがいけないの」

「大人なのに？」

韮崎に面と向かって言われた言葉が、ずっと頭の中に響いていた。自分はなにをっているのだろうかと、恥ずかしい気持ちになった。

「はぁ……。お父さんにもっといろいろ聞いておけばよかった」

ため息をついて、花は天を仰いだ。

夏の午後。

大粒の雨が、屋根瓦を叩いている。

雪と雨は縁側でふたり並び、雨垂れを目で追っている。花は、居間の机に専門書を広げ、畑が病気に見舞われた理由を探した。そこにはあっけないほどに理由とその対

処法が書かれており、初心者向けの本では決して目にすることのできない様々な病気の種類と予防法にも、書かれていて、花はそのひとつひとつをノートに取った。

突然、一台の車がやって来ると、水たまりを散らして花の家の前庭に停まった。雪と雨は慌てて家の奥に引っ込み、警戒するように机の後ろに隠れた。レインコート姿の女性が雨粒を避けるように早足で車から走り出て来る。

「ひゃーひどいひどい」

縁側に腰を下ろして水滴を払う中年の婦人を、花は硬い表情で出迎えた。

「こんにちは。あのー……」

「はい」

「これあげる」

振り向きざまにビニール袋が差し出される。

「なんですか?」

「タネ芋」

「タネ芋って、畑に植えるやつですか?」

「それ以外にどんな使い道があんのよ」

と、田舎の女性らしい愛嬌のある顔で笑った。「じいちゃんが何か言ったらしいけど気にしないでね。ああいう性格だから」

韮崎の娘であるようだった。いつか里のよろず屋で見かけたことがある。その人懐っこい笑顔に、花もつられて笑顔になった。
「いえ、私が悪いんです」
その花の態度に、韮崎のおばさんはひとり満足げに笑った。
それから家の奥へ首を伸ばして、こどもたちに挨拶をした。
「こんにちは」
が、雪は返事をせず机の陰から奥の扉に隠れると、威嚇するように睨みつけた。雨も追従すると不安げにこちらをうかがう。
花は申し訳ない気持ちになった。
「……すみません」
「いいのよ」
韮崎のおばさんは気にしない様子で笑いかけてくれた。

翌日からすっかり雨が上がり、気持ちのいい夏空が広がった。
花は、8月の前半をたっぷり使って畑の改良を行った。畑を丁寧に耕し直し、水をまきおえると、その土をビニールシートやポリ袋で覆った。韮崎のおばさんから教わった、夏の太陽熱を利用する土の消毒法だった。これでほとんどの病気と害虫に効果

があるということだった。連日うだるような暑さは続いていた。こどもたちに帽子をかぶせて畑に出た。花が穴を掘り、雪と雨がそこへもらったタネ芋を置いた。こんどこそうまくいってほしいと願って、土をかぶせた。
 サニートラックが畑の前に停まった。
 韮崎が車から出てきて、ズカズカと畦を登ってきた。
 花は汗を拭きつつ挨拶した。
「あ、韮崎のおじいちゃん。タネ芋、ありがとうございます」
 だが韮崎は返事せず、畝を見たまま、
「無駄にする気か」
 と呟くと、花たちが今植えたタネ芋を次々と掘り返し、土の上に転がした。
「…………あ」
 花の笑顔が固まった。
「土からやり直せ」
 韮崎は、帽子のつばの下から厳しい目をこちらへ向けた。
「…………!」
 言葉が出なかった。

夏の日差しがじりじりと肌を焦がす。
　花は、鍬を手に取って、もう一度最初から土を耕し始めた。
　韮崎は、花に一瞥もくれないまま、不機嫌そうに畑の周りを黙って歩く。そしてときおり不意に立ち止まると、こちらを見て短く言う。
「もっと深く掘れんのか」
「すみません」
　花は言われたとおりに力を込める。韮崎は再び黙って畦を歩き出す。
　午前中の入道雲が成長している。けたたましく鳴く蟬の声と、規則正しい鍬の音だけが辺りに響いている。
　荒い息の花が訊く。
「あの、肥料とかは」
「葉を混ぜ込んだのだろう」
「はい」
「ならいらん」
　太陽の位置が、頭上に来ていた。
　作業はようやく畑の全体におよんだ。休みなしで耕し終えた汗だくの花は、鍬の柄に寄りかかって息を整えていた。軍手をしないままの掌がじんじんと痛んだ。

「終わったのなら、ここも耕せ」
　韮崎が、もうひとつの休耕田を見て言った。
　花は手の甲で汗を拭いつつ、疲れた笑顔を向けると、
「そんなに広くなくても。こどもと三人食べる分だけですし」
と、やんわり断った。もともと家庭菜園の延長線上のつもりであり、なにも作った野菜を出荷したり市場で売ろうということではないのだから、今の畑だけで面積は充分なはずだった。
　だが、
「……聞こえんのか」
　睨みつける韮崎に気圧されて、花は息をのんだ。
　今から手つかずの場所を畑に耕耘しなければならないと考えると、気が遠くなった。だが韮崎に反駁する気力は残っていなかった。言われるままにもうひとつの休耕田に行き、繁茂する雑草を刈り、そのあとひたすら土を耕した。汗が流れて目にしみた。筋肉痛はとうに通り越し、全身の関節がキリキリときしんだ。
　午後の雲を鳥影が渡ってゆく。
「畝を作れ」
「はい」

もはや笑う余裕などなかった。　乱れた髪のまま畝を作った。

「もっと間隔を空けろ」

「はい」

「畝が低すぎる」

「はい」

「もっと高く」

「はい」

ひたすら言われたとおりに、畝を作り直した。

汗があごから滴り落ち、ぽたぽたと音を立てて地面に落ちた。泥まみれ汗まみれの肌に、髪の毛が張り付いた。もう何も考えられなかった。ただ一点を見つめ、いつ終わるともない作業を続けるだけだった。

いつの間にか夕方になっていた。

西日を浴びた二つの畑で、花は黙々と畝を整えた。

韮崎は、タネ芋のひとつひとつを丹念に吟味すると、そのうちのいくつかをポケットナイフで半分に切り分けた。作業を終えると、腰を上げて花を見た。

その気配に、花は手を止めて振り返った。

韮崎はタネ芋の入ったビニール袋を無造作に放った。

「1週間したら切り口を下にして植え付けろ。水などやるな。放っておけ」
花はよろけつつ前に出て、精一杯の笑顔を向けた。
「あの……いろいろ教えていただいて、ありが……」
言い終わらぬうちに、サニートラックのドアがバタンと閉まる音がした。韮崎が去って行くのを、花は呆然と見送った。
山の向こうの落日が辺りを赤く染めていた。ヒグラシのカナカナカナという声がして、そして止んだ。
隠れていた雪と雨が駆け寄ってきた。
「かあさん、だいじょうぶ？」
こどもたちの声を聞いて、花は我に返った。急にどっと疲れが押し寄せ、その場にへたり込んでしまった。

無数のアキアカネが山から下りてきて、秋の空を埋めつくしている。
植えたジャガイモは発芽し、みるみる葉を茂らせた。芽かきや土寄せの作業に追われていると、ゴツい４WDの車が２台、畑の脇に来て停まった。
里の老人、細川と山岡だった。ふたりは花に手招きした。
「ちょっと来て」

「いいから。ちょっと来て」
「え?」
「いいからいいから」
「え?」

理由も告げずに花が連れて行かれたのは、スーパー農道沿いにある苗の販売所だった。

いくつも連なる大型のハウス内部にひしめく無数の秋植えの苗の中から、細川が2種類を手に取るとコンパニオンプランツの解説を始めた。

「これ、カモミールとキャベツね。一緒に植えると虫がつかないし味も良くなる」

そこへ別の苗を持った山岡が割り込んだ。

「あーダメ。キャベツにはセロリに決まってる」
「違う違う。初心者はこっちから」
「ダメダメダメ。カモミールなんぞ腹の足しになるか」
「違う違う違う」
「ダメダメダメ」

言い争いになった。花は交互にふたりを見た。買い物を終えて、畑に戻ると早速植え付けた。

「植え付けはこのくらい浅く植える」
「違う。まず植え穴に水を含ませてから植える」
「ダメダメ。水なんてあとでいいの。まずは植えてから」
「違う違う違う」
「ダメダメダメ」

言い争いになった。花は交互にふたりを見た。

細川と山岡は、その後もたびたび畑の様子を見に来た。

「追肥はこのくらいパラパラでいいの。多すぎても虫が寄ってくるだけだから」
「ダメだ。貸せって。もっと大胆に」
「違うって。少なめでいいの」
「こいつの言うとおりにしていたら必ず失敗する」
「そりゃおまえだ」
「なにをっ?」
「なにをっ?」

言い争いになった。

花は、ふたりの植えたキャベツを交互に見た。どちらとも、すくすく順調に育っていた。

それから間を空けずに、里に住む堀田と土肥という夫妻が、花の家を訪ねてきた。手みやげの鶏糞と、ペットボトルに入った茶色の液体を、縁側に置いた。
「木酢液?」
「炭焼きの煙から作る天然の農薬。使い方は書いて中に入れてあるから」
「わざわざありがとうございます」
「こっちこそ突然押し掛けて、びっくりさせちゃったわね」
「いえ……」
 花は茶を振る舞いながら、自分よりもずっと年上の夫婦たちを見た。二組とも専業の農家ということだったが、決してそうは見えず、まるで避暑地で休暇を過ごすビジネスマンのようなスマートないでたちだった。彼らは優しい笑顔で花を気遣った。
「慣れない土地で苦労するでしょ」
「知らないことだらけで毎日勉強です」
「せっかく都会から来ても、すぐにくじけて帰っちゃう人が多くてね」
「若い人がほかにも?」
「いやいや、定年したいい歳のおっさんだよ。笑っちゃうんだもの、メンタルが弱くて」
 夫婦たちは顔を見合わせて苦笑した。

堀田の旦那さんが、茶を口元に寄せてしみじみと外を見た。
「オレが言うのもなんだけど、生きていくのにあんまり楽な土地じゃないからなあ」
「水はけは悪いし」
「雪はたくさんだし」
「助け合っていかにゃあ……」
花は、そんな夫婦たちの横顔を見つめた。
続いて、ふたりの若い母親が軽自動車でやってきた。どちらも他の地域からこの土地に嫁いだのだと言った。保育園のスモックを着た子供たちを連れていた。
「ここ、若いお母さんがすごく少ないから、仲間が増えて心強いわ。わからないことがあったら何でも訊いてね」
「あ、じゃあ……」
「今までどのように暮らしてきたかを花が簡潔に述べると、若い母親は、驚き呆れた。
「ええっ？　貯金で生活してんの⁉」
「でも、そろそろ働かないと」
ほおづえをついて花が言った。
若い母親のひとりは花を覗き込んだ。
「仕事見つけるの、大変だよー。都会のようなわけにはいかないもの」

「保育園に子供を預けて、みんな遠くまで通勤してるもん」
「ねー」
母親たちは声を合わせた。

それらの様子を、雪と雨はどこかで聞いていたのかもしれない。
夕食の準備をする花を見上げて、雪が言った。
「保育園ってどんなところ?」
「え?」
「なんで雪と雨は行かないの?」
「だからそれはね――」
「雪も保育園行きたい!」
雪は、いつぞやのようにぴょんぴょん跳ねて要求した。
明朗で好奇心の強い雪にしてみたら、正当な願いだと思った。
しかし、おおかみの子であることが周囲に知れるかもしれないので、当然、行かせるわけにはいかない。
毅然とした態度で花は言った。
「ダメ!」

「行く!」
「ダメ!」
「行く! 行く行く行くっ!」
 ただっ広い大広間を雪は四つ足で周回すると、地団駄を踏んで全身で訴えた。食事中も寝転がって暴れた。
「保育園行きたい! 行きたい行きたい行きたい!」
 あとかたづけのあいだも、雪はスンスン泣き続けた。
「秘密ってことはわかってるもん。でも雪、うまくやるもん」
「わかったから。でもね」
 雪はわざわざ食器棚とゴミ箱のあいだに入り、膝を抱えながら呟いた。
「うまくやるもん」

 翌月になると、農繁期が一段落した韮崎のおばさんが、花の家にちょくちょく遊びにくるようになっていた。
 そのうちおばさんは、旦那さんも一緒に連れて来るようになり、あれやこれや茶飲み話をしているうちに、いつのまにか花は、旦那さんが経営する集落営農組合の会計を手伝っていた。コツさえ飲み込めば、会計事務は花にとって決して難しい作業では

なかったが、数字の苦手な旦那さんに大いに感謝された。
「これ先月の領収書」
「はい」
　手際よく花が計算していく。手伝うことで、プロの農家がどのように作付けを計画しコスト管理をしているかを、じかに学ぶことができた。そこには家庭菜園レベルの花の畑にも応用できそうなことが多々あった。
　と、韮崎のおばさんが帳簿に記入する手をふいに止めて庭を見た。続いて旦那さんも同じ方向を見て手を止めた。
　花はふたりの様子に顔を上げ、ぎょっとなった。
　庭先で、ワンピースを首に巻いたおおかみの雪が、こちらを見ている。
（……雪！）
「花ちゃん、犬、飼いだしたのかい？」
「あ、ええ……、まあ……」
　言いよどむ間もなく、おおかみ雪はこれみよがしに喉を鳴らして、
「うおぉぉぉぉぉぉん。」
と、遠吠えした。
　おばさんはあぜんとして旦那さんの袖を引っ張る。

「……ありゃオオカミでないの？ ねえあんた、あれオオカミよねえ」
冷や汗が吹き出た。「いや、あの、それは」
「バカ言え。いまどき日本にオオカミがいるかよ。ありゃシェパードと何かの雑種だ。なあ花ちゃん。当たり？ ねえ当たり？」
旦那さんがニッコリと身を乗り出す。花は言葉に窮した。
「いや、それは……」
「あれ？ 犬がいない。あれ？」
見失ったおばさんが、きょろきょろ辺りを探す。
と、裏の勝手口を開けて雪がやってきた。いつのまにか人間の姿である。
「韮崎のおばさん、こんにちは」
「あら雪ちゃん。今日はお愛想がいいのね」
「おー犬とおそろいのべべかい。かわええのう」
雪は、花だけにウィンクすると縁側を駆け下りた。ほどなくして庭先におおかみ雪が自らを見せつけるように現れた。
花は、声にならない声で言った。「ゆ……雪！」
この変わり身を不審に思われやしないか、気が気ではなかった。だが不審に思われてしまったのは花の挙動のほうだったようで、

「……どしたの花ちゃん」韮崎のおばさんが、不思議そうに花を覗き込んだ。
「アハ……アハハハハ」
ひきつった笑顔でごまかすしかなかった。

　朝晩の山の空気が冷え込みだすと、花の家の周囲はみるみる紅葉に彩られていった。畝に鍬を何度か差し込み土を持ち上げる。それから黄色くなった茎葉をつかんで一気に引っぱる。すると、見事なジャガイモが土の中から姿を現す。
「わあああ!!」
　こどもたちは目を見張り、花に寄り添って一緒に収穫をよろこんだ。早速、雪や雨もまねて茎をつかんで引っぱると、おもしろいほどにジャガイモが躍り出た。日陰でしばらくジャガイモの表面を乾燥させてから、ひとつひとつの泥を払ってバケツに移した。納屋にあるすべてのバケツを使っても入りきらないくらいの量だった。まずは花は、袋にいっぱいのジャガイモを両手に抱えて里に下り、韮崎を訪ねた。
　最初に韮崎に見てほしいと思ったからだった。
　だが玄関先でいくら呼んでも返事はなかった。納屋のほうも見たがやはりいない。
「……韮崎のおじいちゃん、どこだろ?」
　仕方なくあきらめ、次に細川を訪ねた。

屋敷林に囲まれた瀟洒な造りの母屋で、細川は花を出迎えた。
「うん。良く育っとる」
「みなさんのおかげです」
細川はジャガイモを手に取って出来を確かめると、袋を抱えて納屋へ消えた。「うちは根こそぎやられちまったから助かるわ」
「やられたって、何に？」
「イノシシよ」
言いつつ戻ってきた細川は、これ好きなだけ持ってって、と、両手いっぱいのまるまる太った大根を花に押し付けた。
続いて、山岡の家を訪ねた。
自家用のショベルカーがある大屋敷の庭先で、山岡は花のジャガイモを、ありがたく頂きます、と受け取った。
「イノシシの奴、朝、音も立てずに全部掘り返して行きやがるんだもの。今年は酒井の田んぼまで下りてきたらしいな」
などと言いつつ「ほらお返し、重いぞ」と15キロの米袋3つを花に持たせた。
それから何日か後には、堀田夫妻と土肥夫妻がやってきた。
それぞれのお裾分けを手に、茶飲み話をした。

「花ちゃんの畑だけだよ。動物被害がないの」
「こんな山なのに不思議ねー」
「なんかコツがあるんでしょ」
「みんな知りたがっているよ」
と口々に言った。
 そう言われても、花にはなにも思いつかなかった。
「いやあコツなんて」
 実際、韮崎のおばさんや細川たちに教えてもらったとおりにしているだけだった。花の背に隠れて座る雨が、なあにコツって、と控えめに訊いたとき、庭先の雪が一同を割って縁側を駆け上がった。
「おしっこ！」
 夫妻たちは、トイレへと走り去る雪をニコニコと見送った。
「元気ねー雪ちゃんは」
「……あ」
 花は、突然思い立った。イノシシが花の家に近付かない秘密は、とりもなおさず雪や雨の秘密ではないだろうか。
「なに？　花ちゃん」土肥の旦那さんが花を覗き込んだ。

「いや……、なんでもないです」
花は笑顔を作って首を振った。
山の林が葉をすべて落として冬支度を整えたころ、韮崎のおばさんが紙のパックに入った産みたての有精卵をいくつも持ってやってきた。
「わあっ、ありがとうございます」
「いいのよ。ジャガイモのお返し」
「たまご、ひさしぶりです」
「そりゃよかった。なくなったらまた言ってね」
花は、さっそく冷蔵庫を開いて卵を入れようとあれこれ試みた。既に台所の床は冷蔵庫に入りきらない頂き物で溢れている。
韮崎のおばさんは大広間から顔をのぞかせて、あら、と言った。
「あら、なーんてかわいいの?」
「え?」
花は振り返っておばさんを見た。そしてふたたび目の前の小さな冷蔵庫を見た。
「かわいい? 冷蔵庫が?」
その夕方である。
トラックの荷台から韮崎の旦那さんとその息子が運び下ろしたのは、中型の冷蔵庫

であった。
「よいしょっと」
「こんなに大きいの、悪いです」
 花は恐縮しまくった。なんとか旦那さんを思いとどまらせようと必死に試みた。厚意はありがたいが、こんな高価なものを受け取るわけにはいかない。だが旦那さんは笑顔でかわすと、構わずに玄関へ向かう。
「いいのいいの遠慮しなくて。納屋に眠ってたやつだから」
「えーでも」
「もらって。持って帰るとじいちゃんに怒られるから」
「おじいちゃんが?」
 花は訊き返した。
 旦那さんと息子は、冷蔵庫を抱えたまま土間で器用に靴を脱いだ。
「花ちゃん花ちゃんうるさくてさ。なあ」
「惚れてんのよ」
「バカ言えっ、もう90だっての」
「だって面倒見てやれってみんなをけしかけたのも……」
「バカ、言うなって言われてるだろ」

父親に怒鳴られて、息子は身を縮めた。
「……そうだったんだ」
花は、遠くの空を見上げた。

韮崎は、ひとり棚田を見回っていた。畦や石垣に崩れがあれば補修し、用水路に溜まった落ち葉を掻き出していた。雪に埋もれてしまう冬の到来の前に、しておかなければならないことだった。すべての作業を終えるころには、既に日は暮れかけていた。
花は、農道で韮崎を待っていた。
お辞儀して、それから笑顔を向けた。
「畑が、広くなきゃいけない理由、やっとわかりました」
と、花は言った。

夏には、その意味がわからなかった。だが今ならわかる。収穫は、その家のためだけのものではない。里の者みんなのためであり、収穫はみんなで分かち合う。花は畑づくりを通して里の暮らしの流儀を知った。つまり、韮崎から学んだ。
だが韮崎はうつむくと、右の軍手を外した。そして呟いた。
「気に入らない」

「え?」
 外国製の使い込んだコートのポケットに軍手を入れ、韮崎は不機嫌そうに顔を上げた。
「どうしてそういつもヘラヘラ笑っている」
 その物言いに、思わず花は吹き出していた。
「ククククク……!」
「笑うな」
「アハハハハハハ……!」
 もちろん失礼なのはわかっている。だが失礼だと思えば思うほど、可笑(おか)しさがこみ上げてきた。
 花は、韮崎がたまらなくいとおしかった。いとおしいのにどうしてこんなに可笑しいのだろう。可笑しくてしょうがなく、腹をかかえて笑った。こんなにも笑ったのは、彼と過ごしたとき以来ではなかったか。
「何がそんなにおかしいことがある」
 韮崎は、問いかけるように手を広げ、笑い続ける奇妙な小娘をまじまじと見たが、やはりわけがわからない、といったふうにため息をついた。
 ふたりのシルエットが、いつまでもそこにあった。

冬の澄んだ空気に、夕暮れの空が映えていた。

夜になって、小雪がちらつきはじめた。こどもたちを寝かしつけると、花は茶を淹れ、この春からの出来事をひとり静かに振り返った。

「本当は、人目を避けてここに越してきたはずだったのに……いつの間にか、里のみんなのお世話になってる」

畑作りを厳しく教えてくれる師匠ができた。まるで親戚のように面倒を見てくれる年上の友人もできた。子育てについて話し合える若い母親の友達もできた。花の家は、『周りに人が住んでいない家』から、『人が多く訪ねてくる家』に変わっていた。にもかかわらず、幸いにもこどもたちの秘密は守られていた。おおらかで、いささか親切すぎるこの土地の人々の顔を思い浮かべ、そのひとりひとりに感謝した。

「最初はたいへんだったけど、なんとかここでやっていけそうかな」

と、彼の免許証を見上げた。

彼も微笑んでくれているように、花には思えた。

朝起きると、一面の雪だった。
「わああああ！」
　3人で思わず歓声を上げた。
　雪は、狂喜して縁側からジャンプした。
　新雪に大の字で突っ込む。
　ぼふんっ。
　どこまでも柔らかく、ひんやりと心地よかった。きめ細やかな雪の結晶がぷちぷちと小さな音を立てて溶けていくのを、肌の表面に感じた。初めて体験する感触だった。
　体中から原初的な笑いが圧倒的な勢いでこみ上げてきて、
「わははははははははは！」
と、本能の赴くままにごろごろ転がった。
　雨は、雪上を一歩一歩慎重に踏みしめるが、すぐにバランスを崩して前のめりに倒れ、
「ふおっ！」
と驚いたように目を丸くして、雪まみれの顔を振った。
　花は、さわやかな冷気をいっぱいに吸い込んで、雪景色を見た。胸の中が、以前よりもずっと楽になっているのを感じた。いまなら自分も幼いころに戻れそうな気がす

る。そう思った瞬間、勢いをつけてこどもたちの元へ、
「えいっ！」
と飛び込んでいた。雪の中でふたりをぎゅうっと抱きしめる。こどもたちの体温と匂い。かけがえのないもの。ああ、なんと幸せなのだろう。
「アハハハハハハハハハハ！」
仰向けになって、腹の底から笑った。
3人の笑顔が弾けた。
雪はパジャマ姿のまま、裸足で駆け出した。
林の中を駆け抜けながら、人からおおかみの姿へ、そしてまた人の姿へとめまぐるしく変化した。
雨も、雪に追いつこうと、四つ足から2本足へ、そしてまた四つ足へと変化した。
変化の勢いでパジャマが脱げ、マフラーだけの姿になった。
ダッフルコートを羽織った花は、パジャマを拾い上げつつふたりを追いかけた。
雪と雨は、まるで遊んでいるようにおもしろがって、花から逃げ回った。
真っ青な快晴の空。
一本の樹が立つ新雪の丘を、二匹のおおかみこどもが、ループを描きながら駆け下りていく。

おおかみ雪は、斜面を滑走すると、勢いをつけてジャンプした。風を受けてふわりと浮かぶ。長くうしろに伸びたマフラーがバタバタと風にたなびく。まるで空を飛ぶような心躍る瞬間。着地とともに盛大な雪しぶきがおおかみ雪を隠した。
 おおかみ雨もまねして、空に跳ねた。思った以上に体が浮かんで慌てた雨は、足をばたつかせて不安定に着地すると、雪しぶきを全身に浴びた。
 おおかみ雪も負けじと、さっきよりも大きくジャンプした。空中で身を躍らせて優雅に回転した。
 ふたりは競うようにジャンプを繰り返し、そのたびに雪煙が上がった。花も追いかけて、その雪煙の中に加わる。
 無数の結晶が弾けて、真っ青な空に美しく舞い上がった。
「うおおおおおおおおおおおおおおおおおおおっ」
と雪が吠えた。
「うおおおおおおおおおおおおおおおおおおおっ」
と雨も吠えた。
 花も一緒になって、
「うおおおおおおおおおおおおおおおおおおおっ」
と吠えた。

そのまま、真っ白な世界の中に、大の字に倒れ込んだ。
雪はいつのまにか人の姿にもどっていた。大きく息をする音が、やがて笑いに変わった。
三人の声が、遠くの山にこだましている。
「はあっ、はあっ……フフフフフ……!」
それを聞いて、汗いっぱいの雨も笑い出した。
「ハハハハハ……ハハハハハハハハ!」
つられて花も笑った。
「アハハハハハハハハハハハハハ!」
三人で笑いころげた。
結晶が陽を浴びてキラキラ輝いていた。
熱くなった体を、風がさわやかに冷やした。
心地よい疲労のなか、花は目を開けて空を見た。
のんびりと雲が流れていた。

その帰りである。
うすぐもりの空のした、おおかみ雨はふと立ち止まると、耳を澄ませた。

水の流れる音がする。

ひとり斜面を下ると、林に囲まれた穏やかな雪景色の渓流があった。

これが以前、雪が降った川鵜を捕えた沢かもしれない。

と、林の小枝にヤマセミを発見した。間違いない。図鑑で見たことがある。

ヤマセミは水面に飛び込み、無駄のない水しぶきを上げた。小魚をくわえてふたたび水上に出て、雪のつもった飛び石に着地する。見事な所作だった。羽根にあしらわれた、白黒のまだら模様が美しかった。

雨は、もっと近くであの羽根をよく見てみたい、という気持ちに駆られた。用心深く近付くと岩陰に潜んだ。静かに息を整え、長いあいだタイミングを見計らった。

ヤマセミは魚をくわえ直し、飲み込もうとしたところで、背後の気配に振り返った。

次の瞬間、雨は、飛びかかった。

運良く前足が尾を捕えた。羽根をばたつかせて逃れようとするのを、飛び石の上で回り込んでなんとか押さえ込んだ。ヤマセミはしばらく暴れていたが、やがて動きを止め、まばたきをするだけになった。

それは雨にとって、初めての狩りだった。まさか最初からうまくいくとは思っていなかった。だが終わってしまえばあっけなかった。考えてりが成功した興奮なのかもしれない。狩

いたよりも簡単だった、とすら思えた。どうして今まで挑戦しなかったのだろう。さあ、早く持ち帰ってかあさんに見せよう。雪にも見せてあげよう。そしたらふたりはどんな顔をするだろうか。目を丸くして驚くだろうか。それとも獲物に感心してくれるだろうか。

 そのときだった。

 マフラーを自分で踏んでしまい、バランスを崩して渓流に滑り落ちた。

 ざぷん。

 と水柱が立った。ヤマセミは逃れて飛び去っていった。

 水は驚くほど深く、冷たく、流れが速かった。手近な石につかまろうにも、地上では穏やかに思えたのが嘘のようだった。

つかまりきれなかった。

「かあ……かあさん‼」

 雨は、おおかみの姿と人間の姿を行き交いながら、必死にもがいた。

 声を聞きつけ戻ってきたおおかみ雪が、素早く渓流への斜面を滑り降りながら叫んだ。

「雨!――かあさん、雨が‼」

花は、そのただならぬ鋭い声に、ハッと振り返った。

全身の毛が逆立った。

「⁉」

弾けるように雪の中を走った。が、足を取られて転ぶ。それでも構わず走った。

「雨！」

「雨‼」

何も見ていないのに、助けを求める雨の姿が頭に浮かんだ。自分のこどもが死にかけていることが、そばで見ているようにわかった。

かあさん、かあさん、と呼んでいる。

何度も呼んでいる。

はっきりと聞こえた。

それは確かに不思議なことだが、不思議を不思議と感じる余裕などなかった。

ただし、その場所まではわからない。

「雨……雨……！」

泣きそうになりながら、闇雲に走った。何度も迷って、渓流を行きつ戻りつした。

しかし雨は見つけられない。ずいぶんと時間と体力を浪費した。

うすぐもりだった空が、いつのまにか分厚い雲に覆われている。

小雪がちらつきだしたころ、ようやく雨の姿を発見した。渓流のずっと下流の河原に、裸んぼうの雨の体が横たわっていた。

「……雨‼」

花は恐怖に打ち震えた。

我を忘れて駆け寄ると、雨の肩をつかみ激しく揺らした。

「雨! 目を開けて! 雨‼」

だがいくら揺らしても雨に反応はなかった。肌が河原の石のように冷たく、青白かった。それでも構わず、雨を揺らし続けた。

「雨……雨……雨‼」

たまらず全身で強く抱きしめた。

傍らに、──おそらく水中に飛び込んで雨を引き上げたのだろう──荒い息のおおかみ雪が、雫を滴らせながらうなだれている。

花は、雨の体を強く抱きしめ続けた。これでお別れなのだろうか。だいじょうぶのおまじないもしてやれないのだろうか。あのかわいらしい笑顔も、二度と見られないのか。涙もぬぐってやれないのか。もう声も聞けないのか。濡れた毛皮をさらして永遠に動かなくなった、あの彼のようになってしまうのか。

と、花の腕の中で、雨がか細くうめいた。

「……かあさん、苦しいよ……」

「雨!!!」

涙まみれの顔を上げて、雨を見た。

意識を取り戻したばかりの雨は、弱々しい笑顔を花に向け、まだ夢の中にいるかのようにささやいた。

「……僕ね、ヤマセミを見つけたんだ……。すごく立派なヤマセミ……。今日は僕にも捕れそうな気がしたんだ……」

喋（しゃべ）るうち、肌が徐々にもとの赤味を取り戻してゆく。

「……なんだかね、いつもと全然違うんだ……。怖くなかった……。急に、なんでもできる気がしたんだよ」

そこでようやく雨は、目の前の花が涙まみれなのに気付いたかのように目を丸くした。

まるで冒険から生還した勇者のように言った。「それでね……あ」

「……なんで泣いてるの?」

それから、傍らの雪を見て、不思議そうに尋ねた。

「……ここでなにしてるの?」

人間の姿に戻った裸んぼうの雪は、ぽかんと口を開けて雨を見たままだった。

花は、ふたりを暖めるようにぎゅっと抱きしめた。
安堵の涙が、あとからあとからこぼれ落ちた。
幸運に、誰にともなく感謝した。
細かな雪が、風に煽られて渦を巻いた。

3

長い冬が終わり、春が近付く頃、雪は6歳になった。
雪は、同い年の子供たちと同じように、小学校に行きたくて仕方がなかった。小学校がどういうところかは充分に知らなかったが、おそらく、すさまじく楽しいところであろうと想像して、ひとり興奮した。だが通わせてもらうには花を説得しなければならないと考え、言いつけを片っ端から何でも聞いた。その甲斐あって、4月から通うという話になった。
花は役場に行って必要な手続きをし、納屋から古い学習机を運び出して寝室の横を勉強部屋とした。狂喜乱舞する雪に、ただし、と花は条件をつけた。条件とは、とりもなおさず、
〝なにがあっても、おおかみにならないこと〟
だった。
入学式の前日、寝間着姿の雪は、布団の上で真新しいランドセルをいじりながら言
「わかってるよ、もー」

った。そんな雪に、花は念を押した。
「約束よ」
「うまくやるって」
「じゃあ、おまじないやるって」
「なにそれ？」
「フフフ……。おおかみにならない、おまじない」
見上げる雪に、花は苦笑した。
「おまじない？」
「おみやげみっつ、たこみっつ、ってやるの」
「おみやげ……」
「おみやげみっつ、たこみっつ」
「みっつ、たこみっつ」
花は唱えつつ、こぶしで胸をトントントン、と三回たたいてみせた。
その不思議な言葉の組み合わせが、いかにも効果がありそうに雪には思えた。
「おみやげみっつ、たこみっつ！ おみやげみっつ、たこみっつ！」
雪はすぐに覚えて、大事そうに何度も繰り返した。
翌朝、まだ根雪が深く残る家をあとに、ランドセルをしょった雪が意気揚々と出発した。そのあとを一張羅の黒いスーツを着た花が、ぐずる雨の手を引いてついていく。

一番近くのバス停までは、林道を十五分ほど下らなければならない。そのあいだも雪は、上履きを入れた靴袋を振り回してスキップし、くだんの呪文を大声で唱え続けた。バス停では錆びた標識柱にゆらゆらつかまり、まだバスは来ないかと首を伸ばした。がら空きのバスに揺られているあいだも、車窓の山桜にははしゃいでシートの上でぴょんぴょん跳ねた。山道を下るごとに根雪はじょじょに姿を消し、たっぷり三〇分をかけて町の中心部にたどり着く頃には、すっかり春の景色になっていた。

その小学校は、昭和の初めに建てられたという木造二階建ての校舎が自慢だった。かつては大量の児童を収容していたというが、少子化の進展とともに徐々に縮小し、現在ではひと学年十人前後の小規模校へと変化していた。

入学式は、本校舎の横にある、鉄筋コンクリート製の比較的新しい体育館で行われた。会場は在校生や教員、来賓、保護者でごった返し、それらの視線は常に、ステージ前の新入生九人に注がれていた。

雪は、こんなにたくさんの人に囲まれるのは生まれて初めてのことだったので、戸惑い縮こまってしまった。さきほどまでの元気はすっかり消え失せてしまっていた。楽しげに騒ぐ同級生たちはみな保育園からの幼なじみであり、雪だけが新顔であったため、話しかける者など誰もなく、ただうつむいて緊張の生つばを飲み込むしかなか

った。校長の親しげな挨拶も来賓の冗長な祝辞も全く耳に入らず、在校生による歓迎の合唱は、その圧倒的な威圧感に足がすくむほどであった。あれほど行きたかったはずなのに、いざその場になると、うまくやっていけるのか不安でたまらなかった。助けを求めるように振り返ると、花が保護者席から励ましの笑顔を送ってくれたが、それでも雪の不安は解消されず、ただひたすら心の中で呪文を唱え続けて、その場をやり過ごすしかなかった。

ただ、それは最初だけで、授業が始まると雪は、じょじょに本来の快活さを取り戻していった。

きっかけは、毎朝同じバスに乗り合わせる信乃という同級生で、学校につくまでのあいだ優しく雪に話しかけ、最初の友達になってくれた。彼女は、町の大きな材木店のひとり娘で、父親譲りの穏やかなリーダーシップを発揮し、女の子グループに雪を招き入れた。

おかげで雪は新参者であるにもかかわらず、すっかり気楽に振る舞うことができた。授業では積極的に挙手して大胆に自分をアピールし、給食をのこらず豪快に食べ、廊下を走り階段を駆け下りてはしゃぎすぎだと注意された。徒競走では弱っちい男子たちをあっさりごぼう抜きにする俊足を披露し、驚き感心する女子たちに囲まれて生き生きとした満足げな笑顔を見せた。気がつけば雪は学校生活を存分に満喫

していた。いつも翌朝が待ち遠しかった。

花は、振り返らずにランドセルを揺らして駆けていく後ろ姿を頼もしく見送り、おおかみこどもの母として、何事もないことに胸を撫で下ろし、またごく普通の母として、娘の充実した横顔を喜んだ。

役場の窓口で、雨と雪が生まれて、はじめて児童手当を申請した。雪が小学校にともに通えるのを見届けてのことだった。それ以前にも生活は確かにこどもたちの秘密が暴かれてしまうかもしれないという懸念から、足が遠のいていたのだった。しかし雪が小学校という公の場で、〝うまくやっている〟以上、花も覚悟を決めねばならない。

手続きは、拍子抜けするほどあっけなく終了した。

「お待たせ」

待たせていた雨のところへ行った。

「……これ」

目深に帽子をかぶった雨は、掲示板の一点を指し示した。

それは「新川自然観察の森」アルバイト募集の張り紙で、片隅には、野鳥や高山植物などの写真に混じって、ケージに入れられたオオカミの姿が写っている。

——オオカミ。

花は、その写真をじっと見つめた。

「新川自然観察の森」は、役場からそう遠くない丘陵の一角にあった。「自然観察の森」とは、自然観察や環境教育を行う公共の施設で、1984年から環境庁（現・環境省）が主体となって推進し、日本各地に設置された事業である。100ヘクタールを超える広大な緑地の中心にある自然観察センターに、花は雨をつれて行った。

内部には、森の様々な様子が描かれた大きな絵があった。「ふるさとの自然」と題されたその絵には、木々や花の種類や森に棲む動物、昆虫などが象徴的に配置されていて、生態系の概念を丸ごと把握できるように工夫が凝らされていた。

花が見入っていると、背後から声をかけられた。

「お待たせしました。行きましょうか」

「は、はい」

声をかけた人物は、天童という中年の男性で、新川自然観察の森を統括する理事であり、同時に現役の自然観察員でもあった。これから天童が来園した中学校の生徒たちに森を案内するところで、花は一緒に見学させてもらうことにした。

園内の遊歩道を散策しながら、天童は中学生に木々や鳥の解説をし、途中、沼を維持管理するボランティアたちに声をかけ、また、来園中の大学の研究グループと親しく話した。花は天童のあとをついていきながら、メモを取った。
「自然観察員は、ただ自然を守るだけが仕事じゃないんです。環境教育、フィールド調査、動植物の保全。この三つの柱をボランティアの人たちの協力をあおぎながら行います。活動の範囲が多岐にわたるので、スペシャリストであると同時に何でも屋でなければならないんです。で、その多忙な自然観察員の補佐をしてくださる人を募集していると、そういう訳なんですが——」
センターに戻ると天童は、ホワイトボードが並ぶ殺風景な会議室で、花の履歴書に目を通した。
「はっきり言って、賃金は大変に低いです。将来観察員を目指されている方で、その勉強のための研修費、という意味合いぐらいしか出せません。高校生のアルバイトのほうがよっぽど時給はいいです。それでも——」
天童はにこやかな顔を上げて、花を見た。「やりますか？」
花は、少しの間のあと、遠慮がちに訊いた。
「……あの、オオカミがいるって聞いたんですけど」

天童は敷地内の獣舎に、花と雨を連れていった。
太陽の光が天窓から降り注ぐ、清潔で広いケージの中に、そのオオカミはいた。コンクリートの壁際に寝そべって、神経質そうにこちらを見ている。薄茶色の毛はところどころまだらで、まるでうす汚れているように見えた。

天童は、声をひそめた。

「シンリンオオカミです」

「……静かですから」

ドアから職員が顔を出して、天童に声をかけた。

「理事長、あのー……」

「ちょっとすみません」

呼ばれて、天童は中座した。

残された花は、天童がドアを閉めるのを見計らって、雨の傍らにしゃがみ、オオカミと目線をあわせた。

「はじめまして。聞きたいことがあって来ました」

と、挨拶をした。花は、オオカミの言葉がわかる気がしたのだ。

シンリンオオカミは、のっそりと立ち上がった。

花は、オオカミに見せるように雨の肩を抱いた。
「この子はおおかみの子です。父親のおおかみは死にました。私は母親ですが、おおかみの子の育て方を知りません。あなたは、どうやって大人のオオカミになりましたか？」

ケージ越しに、オオカミはじっと見ている。

花は、なおも身を乗り出して訊いた。

「森林(シリン)で育ったときのこと、どうか教えてもらえませんか？」

「——」

オオカミは神経質そうなまなざしで、じっとこちらを見続けた。まるで雨を品定めするように。

が、次の瞬間、不意に顔を背けると、おっくうそうに足を曲げ、壁際に伏せた。口をつぐんだように思えた。

「——」

それからいくら訊いても、何も答えは返って来なかった。ときおりうっすらと呻(うめ)いたが、それはむしろ体調への不満を訴えているような声だった。

「……」

花は落胆して、立ち上がった。

用事を済ませて戻って来た天童が、おだやかに解説を始めた。

「……ある資産家が特別な許可を得て飼育していたんですが、亡くなって引き取り手がないままウチに持ち込まれたんです。元はモスクワの動物園で生まれたそうですが」

「……野生じゃないんですか？」

「動物園に野生のオオカミは稀じゃないかな。繁殖して生まれたら、里子に出すそうだから」

天童は続けて、他にも傷ついた野鳥や野生のタヌキなどが持ち込まれるため、園で預かって治療したあと、しかるべきところに引き渡すのだ、と説明した。

雨はそのあいだ、ずっと鋭い目でオオカミを見続けていた。

自然観察の森を出る頃には、辺りはすっかり暗くなっていた。

がら空きのバスに揺られて帰った。花は就職を決めた。人間としての生き方は、あるいは教えてあげられるかもしれないが、おおかみとしての生き方を教える自信はなかったので、働きながら野生動物の生態を学べるのはありがたかった。バスの青白い蛍光灯が、寒々とふたりを照らしていた。車窓を流れる田んぼのむこうの家の明かり

を、雨はずっと見たまま黙っていた。花は、雨に言った。
「——これから通うようになるけど、雨、一緒でもだいじょうぶね」
雨は、窓の外を見たままこくりと頷いた。
「山のこととか、自然のこととか、働きながら勉強して教えてあげる」
——本物、初めて見た」
「オオカミ?」
「父さんもあんなだった?」
「うぅん。全然」
「よかった」
「なんで?」
「なんだかあの人、寂しそうだったから」
雨は外を見たまま、花に寄り添うと、
「父さんに、会いたかったな」
と、ぽつりと言った。
花も、雨に寄り添って、
「おかあさんも、また会いたいな」
と、ぽつりと言った。

その頃、雪の学校生活にも転機が訪れていた。

女の子というものは、野花を愛でたり、シロツメクサを編んだり、四葉のクローバーを見つけたりして楽しむものである。

または、母親のおさがりの宝石箱や、誕生日にねだったきらびやかなケースを所有し、その中に色とりどりのボタン、もしくはおはじきを入れ、互いに見せ合うものである。

その厳然たる事実に、雪は、大きな衝撃を受けた。

戯れにアオダイショウを掴んで振り回したり腕に巻き付けたりするような、雪のほかにはいないということ。

アルミの宝石箱に小動物の骨や爬虫類の干物を集めて楽しんでいるような女の子は、雪のほかにはいないということ。

ほかの女の子たちはそんなことしない、と気付いたとたん、恥ずかしくてたまらなかった。アルミ缶を抱えて、逃げるように学校をあとにした。

雪は決意した。

これからはなるべくおしとやかに、女の子らしく振る舞おう、と。

花はその話を聞いて、笑いをこらえるのに必死な様子だった。

「ククククク……」

「…………あ？」

頬杖をついたまま、雪はギロリと睨んだ。「笑わないで！　真剣に悩んでいるんだから」

「雪のやりたいようにやればいいじゃない」

「みんなから変な目で見られるのは嫌なの！」

心配しなくてもそのうちまた仲良くなるよ、と励まされても、気持ちは一向に晴れなかった。

「しかたないなー」

「え？」

雪のために花が新しい服を縫ってくれるという。

納屋にあった古い足踏みミシンを使って、手際よく丁寧に縫製していく花の様子を、雪は背伸びして覗き込んだ。精一杯女の子らしく、と、ときおり遠慮深く注文をつけた。二晩をかけて、紺の地に雪の結晶の模様をあしらったノースリーブのワンピースが完成した。

さっそく、雪はそのワンピースに袖を通して登校した。なんだか自分が自分じゃないように思えて、気恥ずかしかった。みんながこの姿を

どう見るのか、ドキドキした。学校への道すがら、同級生の女の子たちは雪を発見すると、口々にそのワンピースを褒めた。かわいい、とか、センスがいい、とか、似合っている、とか、うらやましい、とか。

それは決して、ワンピースの出来がいい、ということではない。女の子らしい価値観を共有しているかどうか、暗黙の確認作業であった。言い換えれば、仲間として雪を対等に扱うことを承認した儀式のようなものであった。

雪は、彼女たちが示してくれた態度に、ほっと胸を撫で下ろした。おかげでクラスで浮くことなく、以降、学校生活を楽しく過ごすことができるだろう。

雪はこのワンピースに、そして縫ってくれた母に、心の中で感謝した。

翌年の春になった。

花は、アルバイトから正職員に採用された。生活は安定し、学生時代に借りた奨学金の返済もはじめることができたが、業務の合間を縫って講習や資格試験のための勉強に忙殺されることとなった。

雨も小学校に通う歳になり、花は勉強部屋にもうひとつの学習机を準備した。だが、雪のときと違って、雨は学校に行きたくない様子だった。正確には、行きたくないと

いうよりも、なぜ学校に行かなければいけないかが理解できないようだった。朝、雪とふたりで家を出ると、雨だけ山の方向に歩いていってしまう。

「学校こっち!」

雪に手を引かれないと、たどり着くことすら困難だった。

雨は、学校にうまくなじむことができなかった。授業中も上の空で、ずっと外の雲を眺めて過ごした。そのような態度はすぐに児童のあいだでうわさになった。ときおり興味本位の上級生が1年生の教室にからかいに来て、肩を小突いたり突き飛ばしたりするので、雪が割って入って追い払わなければならなかった。2年生になって、教室にいるより図書室にいることが多くなり、動物や植物の図鑑を静かに眺めては日がな一日を過ごした。3年生になると、学校を休みがちになった。担任は毎日ちゃんと登校させるようにたびたび要求したが、花は無理に行かせることはしなかった。そのかわり、雨を職場へ連れていった。ローンで購入した中古のジムニーの助手席で、雨はずっと外を眺めていた。

天童は、職場に子供を連れてくることに寛容だった。

「おや雨くん、学校休み?」

「ううん」

雨は、屈託なく首を振った。

「じゃズルか」
「うん」
屈託なく頷いた。
「いつでも来たらいいよ」
天童は、雨の頭を荒っぽく撫でた。
5月の自然観察の森は人で溢れていた。センターにはガイドを求める長い人の列ができた。
「ここが観察池です。まだしっぽのあるヤマガエルが見られますよ。……花ちゃーん、ちょっと手伝って！」
「はーい」
花を含む職員たちは、ごった返す来客の対応に追われた。
そのあいだ雨は、ほとんどの時間を獣舎で過ごした。
シンリンオオカミは、のっそりと近付くとケージから鼻先を出して雨を見下ろした。
まるで教えを請うように、雨はその年老いたオオカミを見上げた。
雨はそれから、ひとりで山に出かけることが多くなった。

4年生になった雪は、入学した頃に比べて30センチも身長が伸びた。それに合わせ

て紺色のワンピースを花が仕立て直してくれた。　つややかな黒髪としなやかに伸びる長い手足は、ワンピースによく似合った。

外見だけではない。かつてのようなやんちゃな野生児から、おしとやかで落ち着いた少女に変わっていた。グラウンドで快活にはしゃぎ回るよりも、静かに本を読むことを好むようになった。

それは、読書家である親友の信乃の影響であり、また、学校という社会の中で居場所を築き、穏やかに過ごすために選択した手段でもあった。それが功を奏し、この4年間のあいだ、雪の秘密は完璧に守られていた。

その朝である。

雪は、いつものように図書室で借りた本を読んでいた。

田辺先生が、騒がしい教室にいつもよりも遅れて入ってきた。「転校生を紹介します」

「はいみんな注目ー」

その声に、雪は顔を上げた。

担任と並び立つ、リュックを背負ったTシャツ姿の少年がいる。

「藤井草平です。——じゃあ挨拶して」

田辺先生が黒板に名前を書くあいだ、草平と呼ばれた少年は、軽く会釈した。

「藤井です。はじめまして」

入学して初めての転校生に、クラスメイトたちは色めき立った。

草平の席は、窓際の雪のすぐうしろに決まった。

草平は、自分の席に座ると、

「なあ、おまえんち、犬飼ってない?」

と出し抜けに訊(き)いた。

「え? なんで?」

「なんか——、ケモノくさいから」

「——!」

突然のことに、頭が真っ白になった。なんと答えればいいのか懸命に考えようとした。だが何も考えられない。何も思いつかない。

「——飼ってないよ」

と答えるだけで精一杯だった。

草平は、

「あれ? おかしいなぁ。絶対そうだと思ったのに」

と、周囲のにおいを嗅(か)ぎだした。

雪は、体が石になったように動けない。横に座る信乃が、首を伸ばした。「なになに？」
「匂い」
「え？　いや、匂いがさ」
「匂い？　なんの？」
「……気のせいかな？」
雪は、身を縮めてその場をやり過ごした。
休み時間、雪は女子トイレでひとり、手を念入りに洗い、ハンカチで丁寧に拭いた。
体の匂いを確かめてみる。
なんの匂いもしない。
匂いなどするわけがないのだ。
しかしあの少年は確かに言った。
ケモノの匂いがする、と。
転校生だから気がついたのだろうか。
いままで一度だって言われたことがなかった。
だがやはり、わずかでも他の人間とは違う特別な匂いを発しているのだろうか。
四年間、平穏にやり過ごして来たというのに、ここになって突然、秘密が暴かれてしまうのか。

鏡には、不安げな自分の顔が映っている。
雪は、なんとか冷静になろうと努めた。
だいじょうぶ、きっとだいじょうぶ。
深呼吸した。
それから、もういちど鏡に映る自分を見た。
充分に時間を取って、気持ちを落ち着かせた。
不安に、今にも泣きそうな顔をしていた。
クラスに戻ると、草平がみんなとババ抜きをしていた。
「どれかなー？　よし、これだっ！　ガーン、マジで？」
草平のおどけた調子に、みんなは大笑いする。
教室の入り口でじっとその様子を見ていると、信乃がこちらに気付いて誘った。
「あ、雪ちゃん。雪ちゃんも来なよ。草平くん、おもしろいよ」
「——」
近付くわけにはいかない。
とっさに今図書室で借りた本を見て、
「あ、本、返さなきゃ」
と聞こえよがしに言い、背を向けた。

その不自然な態度に、草平は不満顔で首を傾げた。
「……あいつ、なんなの？」
「いつもはあんなんじゃないんだけど」
信乃が困り顔で取りなした。
それから雪は、なるべく草平に近付かないようにした。
みんなとは遊ばず、教室の隅で本を読んでやり過ごそうと思った。
なのに、避ければ避けるほど、草平は雪の近くにやってくる。
「なあ雪、あのさあ……」
「……！」
「……！」
雪は読んでいた本を閉じ、逃げるようにその場を立ち去った。
掃除の時間も、草平は雪を追い回した。
「雪……あのさあ」
「…………」
「おい、雪……」
ほうきで床を掃きながら、逃げ回った。
なるべく教室にはいないほうがいいと考え、休み時間ごとに図書室に避難した。
だがそこへも草平は、執拗に追ってきた。

走って図書室を出た。大階段を途中まで駆け下りたところで、追ってきた草平に大声で呼び止められた。

「正直に言えよ!」

びくんと足が止まった。踊り場の鏡に不安な自分の顔が映っている。雪はなるべく平静を装って見上げた。

「……なに?」

「オレ、おまえになにかした?」

弱々しい声。草平も不安げな顔だった。

「なにもしてない」

「なにかしただろ」

「してないよ」

「オレが転校生だから気に入らないのか。そうだろ決めつけるような口調だった。

雪は思わず声を荒げた。

「……!」

「……なあ、雪!」

「雪……」

「だから違うって!」
「じゃあなんで避けんだよ!」
「避けてないって!」
会話を打ち切って雪は一階へ下りた。心の中がひどく乱れているのを感じた。ひとりになりたかった。階段下の暗がりで、胸を叩いて小さく唱えた。
『おみやげみっつ、たこみっつ。おみやげみっつ、たこみっつ』……
草平の足音が聞こえる。「おい、待てよ」
逃げなきゃ。
でもこれ以上、どこへ逃げたらいいのか。
どこへ行けばこの苦しみから解放されるのだろう。
あてどなく一階の廊下を走った。
何かが胸の中で爆発しそうだ。
必死で抑え込んだ。
おみやげみっつ、たこみっつ。
おみやげみっつ、たこみっつ。おみやげみっつ、たこみっつ……。
こんなことは初めてだ。
どうしたらいいのかわからない。
わからない。

アルミサッシの扉を開いて、アサガオの鉢が並ぶ校舎の外に出た。
なのにまだ草平は追ってくる。
校舎沿いを走り、再び中に戻ろうと別の扉に手をかける。
が、鍵がかかっていて開かない。
おみやげみっっ、たこみっっ。
草平がやってくる。
おみやげみっっ……。
もう逃げ場がない。
雪は、校舎の隅に背をつけ、しゃがれた声で叫んだ。
「来ないでよ!!!」
自分でも驚くような醜い声だった。
「…………!」
びくんとした草平は、心配そうに手を伸ばす。
「おまえ……」
「近付かないで!!!」
思わず突き飛ばしていた。胸の中で暴力的ななにかが鎌首をもたげようとしている。
封じ込めなければならない。

「……なにすんだよ！」
「触らないで!!!」
「おい雪！　雪!!」
　雪の振り回した両腕を、草平が押さえようとする。
　触らないで、って言ったのに。
　胸の中で、ついに何かが弾けた。
　だから、触らないで、って言ったのに。
　体中の血液が沸騰するような感覚。
　校舎に、野獣のうなり声が響いた。
　次の瞬間、鋭い爪が草平の耳に突き立った。
　草平は耳を押さえてしゃがみ込んだ。
　血飛沫が、コンクリートに点々と染みを作る。
「はあっ……はあっ……はあっ……！」
　荒い息で、左手を見た。
　おおかみの爪が、赤く染まっている。
　雪はしばらくして、その爪が自分のものであることに、ようやく気がついた。
　花は、仕事の途中で学校に呼び出された。今までにないことだった。雪が同級生の

誰かに怪我をさせたという。無理を言って早退させてもらうと、ジムニーを走らせ小学校へ向かった。

緊張して校長室の扉を開けた。

「すいませんお仕事中に」

担任の田辺が出迎えた。校長は後ろ手に組んだまま花を見ただけだった。重苦しい空気がたちこめていた。応接用のソファの端に座る雪の後ろ姿が見えた。そこから離れたもうひとつのソファセットの端に、少年が母親と一緒にうつむいて座っている。その頭には包帯が巻かれている。

気が遠くなった。

母親が、少年の脇を持って立ち上がり、こちらを睨みつけた。

「頭からどれだけ血が出たと思います？」

「耳だよ」

少年は母親の手を振りほどいた。

花は、雪の前に行き、膝をついてしゃがむと、顔を覗き込んだ。

「雪」

雪は、目を合わせない。髪がぐしゃぐしゃに乱れ、憔悴したようにうつむいたままだ。

「本当に怪我させたの?」
「何を訊いても黙ったままでして」
田辺が傍らのソファに手をかけた。
「——」
「謝ったの?」
「——」
雪は、唇を噛んで顔を背ける。
謝っていないことは明白だった。
花は、静かに言った。
「謝って」
「——」
「謝りなさい」
穏やかに、だがはっきりと言い、立ち上がった。
雪も、観念したように立ち、それから消え入りそうな声で言った。
「……ごめんなさい」
それを見届けると、花は母親に向き直り、深々と頭を下げた。
「申し訳ありませんでした」

校長が、母親のほうを向いた。
「というわけで草平君のお母さん、治療費等は学校の保険でおりますので——」
だが母親はさきほどから微動だにせず、花を睨みつけたままだった。
「まさか頭下げれば済むと思ってるんじゃないでしょうね」
場の空気が凍り付いた。
頭を下げ続ける花に、母親は続けた。
「万が一、耳が聞こえなくなったらどうするつもりだった？ 子供のやったことは親の責任でしょ。借金してでも家売ってでも償ってくれます？」
怒りに任せて大声を浴びせる母親を、校長が取りなした。
「まあとにかくここじゃあれですから」
「そこをどう考えてらっしゃるのかお聞きしないと」
そのやりとりをうつむいて聞いていた草平が、ぽつりと呟いた。
「オオカミ」
「え？」
母親が聞き直す。
草平は、床を見つめたまま、言った。
「オオカミがやったんだ」

花は、ハッとなった。
雪は、顔を背けて黙っている。
草平は、ここにいる者全員に、はっきり言った。
「やったのはオオカミだ」
「草平？ あんたなに言ってるの？」
母親が戸惑って草平の肩を揺らした。が、草平は母親を見ず、ただ床の一点を見つめていた。
「…………!!!」
花は、顔を上げることができなかった。
　四年生の教室は、騒然となっていた。
「なんで来ないの？」
「頭に包帯だって」
「うそーマジ？」
「やめなさいよ」
「雪ちゃんがそんな」
　雪が田辺先生とともに教室に入ると、しんとなった。

子供たちは素早く自分の席に戻り、ことの成り行きを息をのんで見守った。乱れ髪のまま自分の席に向かう雪の姿は、まるで白昼の幽霊のように見える。

好奇の目と、哀れみの目が行き交う。

子供のひとりが田辺先生に訊いた。

「草平君はどうしたんですか」

「早退しました」

「なんでですか」

「怪我をしたので」

「どうして怪我をしたんですか」

「それはですね」

「誰が怪我させたんですか」

「えーと」

「──！」

やっとのことで座りかけた雪だったが、いたたまれなくなり、弾かれたように教室を出ていく。

再び教室は騒然となった。

「静かに！　みんな静かに‼」

田辺先生があわてて制止するが、喧噪はいつまでも収まらなかった。

駐車場の車の中で、花は雪を待っていた。かばんを取りに教室に戻ったはずだったが、雪は何も持たずに助手席に座ると、そのまま黙ってしまった。

花も、何も言わなかった。車を出さないでじっと待った。ただアイドリングのエンジン音だけが低く鳴っていた。

しばらくして、雪が口を開いた。

「効かなかった」

「――」

「おまじない。何度試しても」

「――」

「もう、学校、追い出されちゃうかな?」

「――」

「もう、あのおうちも住めなくなる?」

花は、雪を見た。

「……ごめんなさい」

鼻水と涙で、ぐちゃぐちゃの顔だった。
「ごめんなさい、かあさん、ごめんなさい」
謝りながら、大声で泣いた。
花は、運転席から手を伸ばして、雪をしっかりと抱きしめた。
「いいのよ泣かなくて。もういいの。だいじょうぶ、だいじょうぶ」
落ち着くまで、花は雪を抱きしめ続けた。守ってあげられるのは自分しかいない、と改めて思った。たとえ世界の外側にはじき出されたとしても。
殺風景な小学校の駐車場に、赤いジムニーは長いあいだ、とどまり続けた。

それから雪は、学校に行かなくなった。一日中、布団にくるまって、顔も見せなかった。食事もろくにとらなかった。
花は、雪のしたいようにさせようと思った。
少年の、あの一言を思い出す。
——やったのはオオカミだ。
以前から、こういう事態になるかもしれないことを、花は密かに覚悟はしていた。だが、いざその場になってみると、いままでうまくやれていたことが奇跡のように思えてくる。

やはり、おおかみおとこのこどもが、人間の社会になじむのは無理があるのかもしれない。

越してきて四年。やっとこの土地になじみ、仕事も安定したところだった。だが、またどこかへ移ることを考えねばならないかもしれない。

でもどこへいけばいいのか。

私たち家族が、安心して暮らせる場所はないのだろうか。

しばらくしたある日、仕事から戻ると、誰かが家の様子をうかがっているのを見た。頭に包帯を巻いている。

草平だった。

こちらを見つけるとびくっとして振り返り、逃げるように走り去った。

「草平くん?」

花は急いで車を降りたが、後ろ姿を見送るしかなかった。

草平は、玄関先に何かを残していた。

授業で使うプリントだった。

花は、寝室のふすまを開け、そのプリントを見せた。

「プリント。草平くん」

雪は、何も言わずに布団にもぐり込んだ。

それから毎日、給食のパンだの、ミカンだのが玄関先に置かれてあった。花はそれをいちいち、雪に見せ、

「草平くん」

と、付け加えた。

雪は何も言わなかった。テーブルの下で、あるいはミシンの下で、膝を抱えたままだった。

職場が休みの日に畑仕事をしていると、畦(あぜ)の向こうを草平が歩いていくのが見えた。包帯は既に取れて、耳のガーゼだけになっていた。

「草平くん」

呼びかけると、ビクッとしたようにこちらを見た。

「今日は信乃ちゃんのおうちに遊びに行ってるの」

「そうですか」

「あ、ちょっと待って」

花は呼び止め、草平を家に招き入れた。

草平は、落ち着かない様子でダイニングの椅子に座り、家の中をきょろきょろ見回

している。
「遠かったでしょう」
と、花は草平の前にジュースを置いた。
「毎日来てくれてありがとう」
「……雪が学校に来なかったら嫌だし」
草平は、座り直して花は座って神妙にうつむいた。
向かい合わせに花は座って、微笑んだままテーブルに肘をついて両手を組むと、前から訊きたかったことを尋ねた。
「……あのさ、あのとき、『オオカミがやったんだ』って言ってたよね。あれ、どういう意味？」
「あれは、つまり──信じないかもしれないけど」
草平は言いにくそうに下を向いた。「──あのとき、一瞬オオカミが見えて、それで気がついたら怪我してて……。だからやったのはあのオオカミだから……」
そして、顔を上げて素直に言った。
「つまり雪は悪くないって意味」
そしてまた自信なげに下を向いた。「……なんかみんな、なにバカなこと言ってんだって言うけど……」

言い終わると、ジュースを手に取ってストローで飲んだ。
「そっか……もうひとつ訊いていい?」
花は、手を組み替えた。
「おおかみは、嫌い?」
草平はちょっと考えて、ジュースをテーブルに戻した。
「別に嫌いじゃない」
その答えに、花は安心したように手を下ろして笑った。
「フフフ。わたしと一緒」
花は、この男の子のことが気に入った。

 このことは、雪には伝えなかった。しかし、草平がああいう子なら、きっと雪のいい友達になってくれるだろうと思った。今まで胸につかえていた重苦しいものが、すっと軽くなった気がした。
 雪は、また学校に行く、と自分から言い出した。今までずいぶん迷っていたようだったが、とうとう覚悟を決めたらしかった。行っていい? と花に訊いた。もちろん。雪がそう決めたなら、と花は答えた。
 朝、ランドセルを背負って、雪は玄関を出た。

家の前に、草平が立っていた。
緊張してこわばる雪に、草平が口を開いた。
「あのさ――これ、見たい？」
と、耳のガーゼに手をかけた。
雪は、なんと答えていいのかわからない様子だったが、答える間もなく、勢いよくガーゼをはがした。
「……っ」
痛そうに耳を押さえると、雪に耳の傷を見せた。
「かっこいいだろ」
雪は、傷口をじっと見た。大きなかさぶたになっている。ひょっとしたら、ずっと消えない傷かもしれない。雪は申し訳なさそうな顔をした。
「触る？」
不意に草平が言って、招くように手を伸ばした。
雪は、一瞬躊躇したが、おそるおそる草平の傷に手を触れた。
「痛くない？」
「かゆい」
下ろした雪の手を、草平がじっと見ている。何かを確かめられている気がしたのか、

さっと手を隠すと、先に歩き出した。
「行こ」
草平は雪のあとをついて歩き出した。
花は、そのふたりのやりとりを玄関先で見守っていた。もうあの子たちはだいじょうぶだと思った。あとは本人たちに任せればいい。その脇を抜けて、雨が玄関先から出て行く。
「行ってきます」
花は、雨を目で追った。「どこ行くの?」
「先生んとこ」
「誰先生?」
「先生は——先生」
「——わかった。ひとりでだいじょうぶ?」
「うん」
「気をつけて」
「うん」
「遅くならないように」
「うん」

花はもっと訊きたいことがあったのだが、雨がずんずん行ってしまったので、諦めて見送るしかなかった。

　午後、買い物の途中で韮崎家に立ち寄り、韮崎のおばさんと茶飲み話をした。
「雪ちゃんは？」
「今日から学校」
「そりゃよかったね。雨ちゃんは？」
「行ったり、行かなかったりかな」
と、昼ご飯で家に帰っていた韮崎が顔を出す。
「いいんだそんなもの。小学校から学校に行かなかった奴は見所がある。エジソンとワシがそうだ」
「またいいかげんなこと言って」
　おばさんは呆れ顔でつぶやく。
　花は、仕事に戻る韮崎の背中を見送った。
「そういえば誰か山に住んでる？」
「山？」
「先生のところに行くって、雨が。てっきりおじいちゃんのことかと」

「さーてね。農繁期に山に入る人なんているかね?」
 言い終えると、韮崎のおばさんが茶を音を立ててすすった。花は、ほかに思い当たる人がいるだろうかと考えたが、誰も思いつかなかった。

 雨は、ひとりで山に出かけ、戻ってくるとその日あったことを話した。イワイチョウやゴゼンタチバナが花をつけたこと。モリアオガエルの卵が孵化した瞬間に立ち会ったこと。長時間歩いても、あまり疲れなくなってきたこと。それらのことをすべて先生から教わったこと。
「先生はね、なんでも知ってるんだ。山のことなら何でも」
 いきいきとしたその姿に、花は驚いた。
 引っ込み思案で気難しい雨が、大人と仲良くするなど今までなかった。それは花にとって、とても喜ばしいことだった。心なしか、たくましくなったようにすら見える。
 それにしても、先生とはどんな人だろう。雨を変えてくれた人に、花も会ってみたかった。
「今度、うちに連れてきてよ」
 畑仕事の手伝いをする雨に、花が提案した。
「お礼もしたいし、それに――」

「先生は人間とは会わないよ。イノシシやクマみたいに、里には下りないんだ」

「でも、かあさんになら、いいかな」

雨は静かに言った。

花は、呆然と雨を見た。

「⋯⋯え？」

雨のあとについて、花は山に入った。

登山道からすぐに脇にずれて、深い森の中をひたすら歩く。地図にも載ってないような険しい道を、まるで近所を散歩でもするように雨はずんずん進んだ。その背中を追うだけで、花はすっかり息が切れてしまった。

やがて、太い木の根がじっと張る獣道で、雨は立ち止まった。

荒々しい杉の巨樹の根元で、先生がじっとこちらを見つめている。

雨の先生とは、野生のアカギツネであった。

「⋯⋯！」

花は息をのんだ。

「先生は、このへんの山全部をまとめる主だよ」

淡々と雨が説明した。

我に返った花は、
「あ……雨がいつもお世話になっております」
と、あわててバッグの中から風呂敷を取り出した。手土産として携えたのは、熟した桃と、油揚げだった。先生は悠然と降り立ち、油揚げの匂いをほんの少し嗅いだ。そして桃だけを咥えると、軽やかに杉の根元に跳び移り、岩のあいだに登り、先生のあとを追った。いつのまにか、おおかみの姿になった雨も岩に消えた。
「行ってきます」
とでも言うように、すこしだけこちらを振り返った。花は、雨を見送ったあとも、呆然とそこに立ち尽くしていた。目前の光景が、いまだに信じられなかった。

かつて自然観察の森で、シンリンオオカミは雨に言った。自分は森のことは何もわからない。何も知らないで生きてしまった。だから、何も伝えることがない。だがひとつ言えることがあるとしたら、ここにいてはだめだ。もしも何かを学びたいなら、檻の中の年老いたオオカミの相手をするよりも、野に出るべきだ。

雨は、シンリンオオカミの言葉に従い、山に行った。

最初のころ、雨は途方に暮れた。山を一日中歩き回っても、得るものは何もなかった。ただ夕日を眺めて終わるだけだった。雨が求めるものを与えてくれそうな存在は、どこにもいなかった。

いま、日本に野生のオオカミはいない。

そのことを雨は、よく承知していた。オオカミとしての正統な生き方を学ぶことは、もともと無理な環境だった。雨が習うべきオオカミは、どこにもいない。

だが、かわりに「先生」と出会ったのだ。

アカギツネの中でも、先生はやはり少し変わっているかもしれない。オオカミの子を、自分の生徒として受け入れたのだから。オオカミを従えるアカギツネなど、世界中どこを探しても見当たらないであろう。

雨が年上の知己を得たことは、幸いであった。

先生と出会って、雨の世界が一気に広がった。

今まで知りたかったことを、すべて先生は知っていた。

雨は今まで、自分が何を知りたいかさえわからなかった。だが先生と出会って、自分が何を求めているのかが鮮明になっていった。知れば知るほど新しい疑問が次から次へと湧き出た。

先生は寡黙だった。

　ただ自分と、山の姿を見せるだけだ。

　しかしそのひとつひとつが、雨にとっては衝撃だった。

　いつか学校の図書室で読んだ本にあった「野生動物の生態」などとは、まるで違っていた。

　人間が人間の視点で理解し書き記した「自然」なるものと、実際いまそこにある「世界」とは、大きな隔たりがあった。

　雨は、先生の視点を借りて、それをつぶさに見知った。

　例えばブナの木を、先生は別の名前で呼んだ。シャクナゲやリンドウにも別の名前があった。雲にも風にも雨粒にも夕日にも別の名前があった。その名前の由来は、今まで雨が理解していたものとは全く別の体系で組み立てられ、全く別の意味を持っていた。

　その中には、人間の言葉では翻訳できないような事柄もあった。ある事柄について、対応する人間の言葉がないことを雨が説明すると、先生はひどく不思議がった。それなくしてどうやって生きていくのか、と先生は言った。雨は、体中を電流が走るような衝撃を受けた。

　全く新しい世界が、雨の目前に立ち現れた。

やがて雨は、心の奥底に潜む本当の問いに行き着いた。
自分は、なぜオオカミとして生まれてきたのか。
そして自分は、なにを目指して生きるのか。

花は、饒舌に話す雨を、呆然と見ていた。
山で見たこと、知ったことを、興奮して伝えようとしている。
その内容は、自然観察の森で働き学ぶ花にすらわからない植物や昆虫のことも、多々あった。慌てて図鑑を繰るが、該当する項目は見当たらない。雨は、その特徴と生息する場所の特徴を詳細に説明し、メモを取るように促した。語っても語り尽くせないとでも言うように、次から次へと楽しそうに話した。
そんな雨のいきいきとした横顔を見て、花は自分もなんだか満たされた気分になった。学校に行かないのは確かに問題かもしれないけれど、それよりも雨にとって大事なことを自分自身で見つけたのだと思った。雨は雨らしく、のびのびと過ごしてくれたらそれでいい。
こどもの成長と変化が、こんなにも嬉しい気持ちにさせるものなのだろうか。
花は、不便だが山奥に引っ越してよかった、と思った。

雪は、夕食後のダイニングテーブルでイライラしていた。雨はいつになくおしゃべりで、こちらが宿題をしているのにもかかわらず、自分勝手に喋り続けている。
「――雪も、先生のところで教えてもらおうよ。狩りの仕方、上達するよ。森を全速力で走るにはコツがあるんだ。それに地形の読み方なんかもね。勉強になるよ。沢の見つけ方や天気の変化、それになわばりのことやお互いの気遣いなんかも――」
「行くわけないでしょ」
「なんで」
宿題の手を止めて雪が言った。
「あんたこそなんで学校来ないの」
「おもしろいんだもん。山。知らないこといっぱいあるから」
「知らなくていいの」
「なんで」
「いいから学校来なさいよ」
「……嫌だ」
「なんで」
「おおかみだから」

当然のように雨が言った。
「人間でしょ」
押さえつけるように雪が言った。
「おおかみだろ」
対抗して、断定するように雨が言った。
「——」
「もう絶対おおかみにならないって決めたの」
雪は何かを言おうとして、言葉を飲み込んだ。

冷静になろうとして自分に向けるように言うと、宿題に戻る。先日、学校でどれだけ辛（つら）い目にあったかを、雨が知らないはずはない。苦しんで、母に迷惑をかけて、それでもようやくなんとか乗り越えたのだ。いや、今だって薄氷を踏むような思いで毎日学校に行っている。それでも自分は生きていくのだ。おおかみではなく、人間として。そんな自分の気持ちを、なぜ雨は慮（おもんぱか）らないのが不思議でならなかった。わざわざ言わなくてもわかることではないか。
なのに雨は、
「なんで」
と、しつこく訊（き）く。

「ねえ、なんで」
「人間だから！ いい!? 人間だから!!」
「だからなんで」
「なんでなんでってうるさいのよ」
「雪はおおかみだろ。おおかみのくせに——」
「うるさい!! 何にも知らないくせに!!」
「なにが!!」

次の瞬間、雪は、カッとなって雨を平手打ちした。

「明日学校に行かないと許さないよ!!」

雨は、ほおを押さえながらぎろりと雪を睨みつけた。いままでなら常に雪が雨を言い負かす。だがこの日、雨は譲らなかった。

「嫌だ!!」
「許さないから!!」
「嫌だ!!!」

雨は叫ぶと、力任せにダイニングテーブルをひっくり返した。マグカップが床に落ちてバラバラに割れた。雪は押されてテーブルごと倒れ込んだ。

ハッと身を起こすと、いつのまにか雨が半獣の姿になっている。瞳に静かな怒りを漲らせて。

「……やる気?」

雪はテーブル越しに身構えた。

風呂の準備をしていた花は、家の中で響き大きな物音に、顔を上げた。

「なに? 何の音?」

慌てて台所に駆け込み、息をのんだ。

無惨に横倒しになった椅子とテーブル。食器棚のガラスは割れて床に散乱している。

その中、大型の二匹のケモノが激しく争う姿があった。

ガルルルルルッ……グゴォォッ！……ガルルルルルルルルッッ……!

恫喝のうなり声の応酬が、空気を震わせる。

髪を振り乱し、牙をむき出しにして、互いを傷つけ合っている。

ケモノの一方は、雨。

そしてもう一方は、雪だった。

「……雪⁉……雨⁉」

馬乗りになった雪は、雨に蹴り上げられ、壁にしたたか体を打ち付ける。覆い被さ

ろうとする雨を寸でのところでかわし、身を翻して流しの上に退避した。さっき洗ったばかりの食器や鍋が盛大に蹴散らされる。一旦距離を取りたい雪は、勉強部屋に逃れようと扉に突っ込んだ。すりガラスが衝撃で粉々になり、破片があられのように降り注ぐ。それでも雨はかまわず激しく追撃する。勉強部屋の闇の中でも争いは続く。木が暴力的にへし折られるような乾いた音が何度も響く。

「やめなさいふたりとも‼」

花の精一杯の制止も、全く耳に入らない。

バタンッ、と納戸側の木戸が大きな音を立てて倒れた。雪は押し飛ばされたように勉強部屋から転がり出る。雨の容赦ない攻撃に堪えかねて、畳の上を足を滑らせながら座敷奥へ急ぐ。が、振り返りつつであったためでミシンに体ごと衝突してしまう。重いミシンがどしんと倒れて畳にめり込む。雨は猛然と追いつくと、雪の首元を狙いすまし鋭く嚙み付いた。雪は痛みにギャッと声を上げる。もみ合いながらの激しい争いが座敷いっぱいに繰り広げられる。

雪は、いつの間にか強くなった雨に驚き、圧倒されている様子だった。反撃に転じる暇もない。こんなにも自分が追い込まれていることが信じられないように。

雪は長い縁側を一気に駆け抜けた。ところが雨の驚くべき脚力がすぐに雪を捕えた。執拗に雪はたまらず転び、体を折るように回転したまま、玄関横の引き戸に激突した。執拗

な雨の攻撃に、雪は必死に広間へと逃れようとする。
「やめて雪！ 雨‼」
花は懇願するように叫んだ。
なのに、その声はおろか、母親の姿すらまるで目に入っていないかのように、雨は恐ろしい速度で所狭しと雪を追い回す。それでも頼りなく歩み出た花だったが、
「やめて……あっ！」
走る雨にちょっとかすっただけで弾き飛ばされ尻餅をついた。目前で、二匹は大広間の隅の本棚に突っ込んだ。ドォォン！ と大音量とともに家全体が揺れた。本が投げ出され夏ざぶとんは四散し、一輪挿しのキンポウゲと彼の免許証が宙を舞った。
ついに雪は逃げ場を失った。
雨は、強靭な前足で雪を床に押し付けると、容赦なく首元を狙ってかぶりついた。
雪の毛が血にまみれる。
ギャン！ という甲高い悲鳴が響く。
それでも雨は、まったく手を緩めることがない。耳を、鼻を、腕を嚙みちぎらんばかりに牙を剝いて見せつける。何度も、何度も。
まるでどちらが上かを判らせようとしているように。
「あ……ああ……」

花は、その凄惨な光景に、言葉もなかった。
一方が圧倒的な暴力を用いて、もう一方をねじ伏せている。残酷なほどに優劣が証し立てられていた。
苦しむ雪は体をくねらせて這い出ると、動揺で炉縁につまずき、炉の灰煙を巻きあげた薪に突っ込むという醜態をさらした。悠然とやってくる雨を見て、恐れをなしたように風呂場に飛び込む。
戸が閉まり、ガチャリと内から鍵をかける音がした。
その音が、争いの終わりだった。
静寂が戻った。
花が遅れて囲炉裏部屋にやってきた。
「雨⋯⋯雪⋯⋯！」
体が硬直し、足が止まった。
風呂場のスリガラスの前。
雨が、ゆっくりと身を起こした。
傷だらけの肌。たくましく、しなやかな筋肉。

だが、乱れた髪の奥に光る瞳は、野獣のままだった。
人間の姿に戻っていた。

「…………雨………？」

花は、自らの子の名を呼んだまま、そのあとを続けることができなかった。
風呂場の奥で、すすり泣く雪の声が、静かに聞こえた。

そのあと、花はひとり黙って片付けた。
家の中は、まるで嵐が通過したあとのようだった。あらゆるガラスが割れ、戸や茶箪笥はことごとく倒れ、食器や鍋が思わぬところまで飛ばされていた。
雪のワンピースは、見るも無惨に引き裂かれていた。畳にいくつもの爪痕が生々しく残っていた。それらは、姉弟が進むそれぞれの道の違いを示しているように思えた。
誰も押さえつけることができない段階がすぐそこまで迫っていることを悟った。
散乱した本の下に、彼の免許証を見つけた。
本棚の元の位置に置き直した。
彼はいつもどおり、免許証の中で微笑んでいた。

「……雪も雨も、自分の道を歩き始めている……」

こどもらの成長を誰よりも願っていたのは、花だった。それぞれが自分の歩む道を

見つけるために、様々な努力をしてきたはずだった。
なのに——。
「望んでいたことなのに、どうしてこんなに不安なんだろう……」
彼は、答えてはくれない。
「ねえ……、どうして？」
いくら問いかけても、彼はただ微笑んでいるだけだった。

4

雨が降り続いている。

家々に、畑に、野に、山に——。

花たちが越してきて、七年目の夏である。

記録的な集中豪雨が、何度もこの地方を襲った。

もともと雨が多い土地ではある。冬には凍って、雪になる。大量の水分は根雪として山脈にぶつかって雨を降らす。夏には山脈のおかげで台風もやって来ない。稲は実りに実り、有数の米所となる。稲作にとって有益な地形的要素を供えている。

だが何年に一回か、日本海の湿気がいささか多すぎることがある。それが冬ならば豪雪となり、この地域を陸の孤島にするまで白く埋め尽くす。そして夏ならば梅雨前線を停滞させ、天候不順を引き起こす。

日照量の不足は、作物の生育不良につながる。

だがそれだけではない。減反政策で田を畑に転作した農家も多いが、本来稲作向きの粘土質の土では、もともと排水不良に陥りやすい。集中豪雨になると排水路の水かさが増して溢れ、作物を水没させてしまう。

結果、その年は不作、ということになる。

花の畑も、休耕田を転作した畑だったので、この災いから免れることはできなかった。

春植えの野菜は、壊滅的、と言ってよいほどの打撃を被った。わざわざスーパーマーケットで買い物をしなければならなかった。高騰した野菜の代金は当然のように家計を圧迫した。

そのうえ集中豪雨は、土石流や崖崩れ、地滑りを引き起こす。自治体は土砂災害危険箇所を指定してはいるものの、引き起こされる場所の予測はきわめて困難である。畑が埋まってしまっては、不作どころではない。

里にも、今度の集中豪雨で田や畑が土に埋まってしまった家が何軒もあった。

雨の晴れ間に、隣近所で協力して土砂を取り除いた。

「前の晩、木の根が切れる音がしたと」
「家まで飲み込まれなくてよかったけど」
「休耕田は、畦が崩れて荒れ放題だからなあ」

土肥のおじさんと堀田のおじさんが、顔を見合わせてため息をついた。危険と思われる別の畑や田では、地畔に杭を打ったり、新たに石を積んで井堰を作る必要がありそうだった。

集中豪雨の影響は、人の住む場所だけではなかった。
山の奥深くでも、大規模な土砂崩れがいくつも起こっていた。
雨は、頻繁に森に入り、そのひとつひとつをつぶさに見て回った。
まるで凶暴な怪物が暴れ回ったように、無数の木々がなぎ倒されていた。凄まじい力でえぐり取られたような崖崩れの跡から伏流水が滝のように噴出し、表層の腐葉土を根こそぎ洗い流していた。かつて見つけた美しく豊かな場所のいくつもが、見るも無惨な姿に変わり果てていた。
数多くの野生生物の死体を目撃した。雨は、そのむくろを見つけるたびに、いちいち土に埋めた。埋めても埋めてもおびただしい数の死体は尽きることがなかった。
この豪雨が山の動植物に与えている影響は、計り知れなかった。いったん破壊されれば、元に戻るには気が遠くなるほどの年月がかかる。
またひとつ、倒木のあいだに、巣ごと落ちて死んだ雛を見つけた。

「——」

雨は、いつまでもそれを見つめ続ける。死んだ雛と、自分を重ね合わせた。

花は、ずっと玄関を見つめている。

このところ、雨の帰りが遅くなっていた。子供にふさわしくない精悍な顔つきになっていた。帰ってくるたびに、花はどきりとした。急激に伸びだしているようだった。

小雨の降る遅い午後の日本家屋は、とても暗い。黙々とオオカミのぬいぐるみのほつれを繕いながら、無邪気だった頃のこどもたちを思い出す。ふたりとも、このぬいぐるみを抱かねば眠れなかった。そのため何度も頻繁に補修したものだ。

しかしやがてぬいぐるみはふたりの手から離れ、いつの頃からか、学習机の隅に置かれっぱなしになっていた。

花は、ここのところ常に、心の奥底にどんよりとした不安を抱えるようになっていた。それは2年前の、あの壮絶な姉弟喧嘩に端を発したものだった。それ以前は、こどもたちの成長と自立を素直に願っていた。なのに今では全く逆のことを、つい考えてしまう。いつか自分も、このぬいぐるみのように役割を終える時が来るのだろうか。

玄関に目を戻すと、帰ってきた雨の姿が見えた。
「……雨!」
花は、弾かれたように立ち上がった。
ずぶ濡れの雨は、鋭い目つきのまま、家に上がる。
「いままでどこ行ってたの!」
玄関に飛び出した花は、雨の肩に触れて、ハッとなった。
肌が氷のように冷たい。
「待って。今お風呂沸かすから」
浴室に向かおうとしたとき、雨が、床の一点を見つめたまま、低くつぶやいた。
「先生が——、足を悪くして動けない。たぶん、もうすぐ死ぬ」
「——」
「今まで先生がしてきたことの代わりを、誰かがしなきゃならない」
決してそれらの言葉は、花に向けられたものではなかった。まるでひとりごとのように。自分で声に出して確認するように。
花は、不安に押しつぶされそうだった。
いたたまれず、一転して険しい顔を向けると、
「……雨! もう山に行っちゃダメ!」

と、言い聞かせるように肩をつかんで激しく揺らした。
が、雨はその言葉が耳に入っていないかのようだった。いくら揺らしても、ただ髪から水滴が落ちるばかりだった。
花はそれでも強く言った。
「いい？　あなたはまだ10歳なの！　子供なの！　たとえおおかみの10歳が充分な大人でも、あなたは——」
自分で言って、絶句した。
この子は、おおかみなのだ。
人よりも、ずっと早く成長するのだ。
そんなこと、最初から判っていたことではないか。
雨脚がまた強くなった。
ざあああああ、としぶきのような音が、玄関に響き渡った。
願うように両手を握りしめた。
「……お願い。もう山へは行かないで。おかあさんの、お願い」
「——」
雨は、ようやく我に返ったように、花を見上げた。

放課後の体育館に、眩しい西日が射している。

男子たちが、バスケットボールの2ON2に興じている。草平が両手で交互にドリブルしつつ、相手の隙をうかがっている。

雪は、体育館の隅でそれを、見るとはなしに見ていた。

この春から6年生になった。背丈は花ほどに近付いていた。体つきも変わり、子供時代を終えようとしているのが自分でもわかった。それに合わせて花に新しいワンピースを仕立ててもらった。濃紺の生地とシンプルな形は、いささか大人っぽすぎるかもしれなかったが、雪の長い手足をよく引き立てた。

ボールをキープする草平は、バックチェンジでフェイントをかけ、素早くディフェンスを抜いた。ゲームは明らかに草平が支配している。自信にあふれた顔。変声期途中のかすれた低い声。

雪は、物憂げに目線を外してうつむいた。

それには理由がある。先ほど、女子たちのうわさ話を、偶然に聞いてしまったのだ。

「そういえば知ってる?」

「何を?」

「うちの親が話してるの、聞いちゃったんだけどさ」

「うん」

「草平くんのお母さん、結婚するんだって」
「えー? うそー」
「なんで?」
「美人だからでしょ」
「じゃあ草平くん、新しいお父さんができるんだ」
「よかったじゃん」
「でもね」
「え?」
「草平くん、そのこと知らないんだって」
「えーっ!?」
「なんで?」
「いい? 絶対に秘密だからね」
　——秘密。
　どうしてそんなに重大なことを、草平は知らせてもらえないのだろう。あの厳しそうな母親にどんな事情があるのか。雪には想像もつかない。なにより、どうして本人よりも先に、自分も含めた関係のない周囲が知ってしまうのだろう。秘密とは、一体なんなのだろうか。

ガンッ!
その音に、雪はハッと我に返った。
ゴールネットが揺れている。草平がシュートを決めて、いきいきとした笑顔を見せている。
雪は、いたたまれない気持ちになった。ランドセルを背負うと、足早に体育館をあとにした。

ゆるやかに揺れる木々の影が、真夜中の寝室に落ちている。
雨は、ひとり上半身を起こした。
ゆっくりと立ち上がり、音もなく蚊帳を出た。
静かに寝室のふすまを閉めるとき、ふと手を止めて振り返った。
蚊帳の向こうに、花の寝顔があった。枕元に、読みかけの本が置かれたままにある。
雨はしばらく、それを見つめていた。
玄関へ行き、音を立てずに扉を開ける。
夜の光が、足元に差し込んだ。
雨は、そこに佇んだまま、動かなかった。
出て行くこともせず、かといって引き返すでもなく、ただ立ち続けたままだった。

「——」

 それから、どのくらい時間が経っただろうか。
 空が明るくなり始めた。
 ようやく雨は、その場に腰を下ろし、空を仰いだ。
 木々のシルエットが、ゆるやかな風に揺れている。
 夜が明けていく。

 その何時間かあと。
 朝のラジオが、誰もいない玄関先にまで漏れ聞こえてくる。
「——今日の県内は、はじめ高気圧に覆われおおむね晴れますが、前線が日本海に延びてくる見込みで、このため夕方から夜にかけて天気が崩れるでしょう」
 そこへ、仕度を整えた雪が走り込んでくる。
「蒸し暑いー」
 濃紺のワンピースの襟元をぱたぱたさせて座り、靴を履く。
と、
「雪」
「ん?」

雪が振り仰ぐと、雨が立っていた。

姉弟は、あの争い以来、干渉しないよう互いに距離を取り、話しかけることはなかった。仲が悪くなったわけでは決してない。むしろお互いの立ち位置を尊重し、居場所を住み分けるような距離の取り方だった。

その雨が、今日は雪に自分から話しかけている。

「今日は家にいなよ」

「え？」

「かあさんといなよ」

雪は立ち上がって、雨を見た。

「なんで？」

「バス、間に合わないよ」

「はーい」

雪は振り返って笑顔で返事したあと、雨が何か言いかけたとき、花が玄関に顔を出した。

「あんたがいてあげなさいよ」

「——」

と雨だけにささやくと、軽やかにランドセルを揺らして家を出た。

雨は、雪を見送り、そして空を仰いだ。
生暖かい風が辺りを吹き抜けている。
花は、その背中を心配げに見つめる。

「——雨」

呼びかけるが、雨は空を見たまま返事をしない。

「——雨！」

大声に、雨はびくんと振り返った。

「——」

花は、厳しい顔を崩さなかった。

そのあと、優しい目に戻ってみせた。

が、

「——中に入ろ」

青々とした7月の稲を、不穏げな風が渡る。ツバメが、稲の葉をかすめて飛んでいる。教室のカーテンが風を孕んで大きく膨らむ。雲が日差しを隠した。

授業中の雪は、敏感にそれに気付いて外を見た。地平線を、何層ものどす黒い雲が渦巻いている。嵐の予感だった。

同じとき、花の家の裏庭も風に揺れていた。つけっぱなしのラジオが警戒を呼びかけていた。

「──日本海に停滞していた前線が南下し、県内では大気の状態が急激に不安定になっているため、このあと局地的に雷を伴う非常に激しい雨が降る見込みです。予想される降水量は、平野部でところによって1時間に70ミリ以上、山沿いの多いところで1時間に100ミリを超す見込みです」

花は気付き、昼食の用意をする手を止めて早足で裏庭に回ると、風に煽られる洗濯物を素早く取り込んだ。

入れ替わるように雨がやってきて、窓の外の花を見る。ラジオのざらついた声が、さらに続けた。

「──気象台では県内全域に大雨洪水警報を出して、土砂災害、河川の増水、家屋の浸水、および損壊に最大級の警戒をするように呼びかけています。では本日午前11時発表の警報です。西部北。大雨、雷、洪水警報。西部南──」

風が強くなっている。
花は、雨に手伝わせて大雨に備えることにした。納屋から雨戸を運び出した雨が、花に手渡す。花は縁側のレールに次々と雨戸をはめていく。
前庭のハーブが激しく風に揺れている。
納屋に戻る途中、不意に雨は立ち止まると、ゆっくり空を見上げた。
と、
「きゃっ……!」
花は、強風にあおられてバランスを崩した。
「——」
その小さな背中を、じっと見つめる雨の姿がある。
ポツ、ポツ、ポツ…………!
雨粒がアスファルトに点々と染みをつくる。
パ、パ、パ、パ、パ……!!
蓮の葉にも、音を立てて落ちる。雨滴が葉の上で次々と集まって大きな水滴をつくってゆく。

ザァァァァァァァァァァァ…………!!!
あっというまに本降りになった。
水門の向こうを、一羽のサギが、逃げ遅れたように飛んでいる。
空は、暗い雨雲で埋め尽くされた。

蛍光灯が、不安げな子供たちを生ぬるく照らしている。
大きな風が吹くたびに、木造校舎はギシギシと音をたてた。
6年生の教室に田辺先生が戻ってくると、黒板に書かれた「自習」の文字を勢いよく消した。
「これから集中豪雨になるそうなので、午後の授業を取りやめることになりました」
「わあっ! やったあ!」
子供たちは弾けるように一斉に騒ぎだす。田辺先生はあわてて制した。
「いま、みんなのお父さんやお母さんに迎えに来てもらうように、連絡をしているところです。それまで体育館に地区ごとに集まって待ちましょう」
下級生から上級生まで、ランドセルを担いだ子供たちが廊下にあふれ出る。緊迫した教師たちの様子とは裏腹に、ワイワイ騒ぎながら体育館へ向かう子供たちには、非常時のドキドキ様子をまるで楽しむような笑顔がある。

「──」

座ったまま、何も言わずに窓の外を見た。

その中、置き忘れられたように、教室にひとり残る草平の姿があった。

花の家を、激しい雨が打ち付けている。雨水が屋根から滝のように流れ落ちている。前庭はすでに水たまりだらけになっていた。庭木がざわざわと揺れている。雨戸と玄関の戸を閉め切った家の中は、お昼過ぎだというのに、まるで夜のように暗い。

心細い電灯の光に照らされた大広間で、花は黙々と洗濯物を折り畳む。ダイニングテーブルの雨は、静かに自分の席に座っている。ふたりとも、何も言わなかった。

雨がずぶ濡れで帰ってきたあの日以来、花は、雨がどこかへふらりと行ってしまうのを畏れた。雨がどこへも行かず、ただそばにいてくれることを、いつも願った。それを無言で受け止めたように、雨は家から出ることはなかった。常に花の目の届くところに身を置き、ただ毎日、窓から外を眺めて過ごしていた。

そんな雨の姿は、花にとって決して居心地のいいものではなかった。自分の願いが

雨の見つけた世界を犠牲にして成り立っていることは充分に承知している。承知した上で、それでもなおお願わずにはいられない自分がいる。

ふたつの異なる気持ちを抱えて、花は引き裂かれていた。

——と、

だから、押し黙るしかなかった。

突然、落雷の大音量が家を揺らした。

ドシャァァァァァァァンンンン!!!

花はビクッと身を縮めた。

「——!」

次の瞬間、電灯が消え、大広間は暗闇に包まれた。台所の窓に差す外の光だけが残った。

「……停電?」

花はおそるおそる天井を見上げると、立ち上がって手探りでブレーカーの方へ向かった。畳んだタオルが足に当たって崩れる。

大広間は、雨の影だけが残された。

闇の中、雨は机の一点を見つめ続けている。目が、窓の光を反射して光っている。

遠雷が鳴る。

まるでそれがきっかけのように、雨はゆっくりと顔を上げる。

長い時間をかけて何かを見定めたような、鋭い瞳がある。

そして——、

暗闇に、雨の声が小さく響いた。

「……行かなきゃ」

と。

棚田の稲が、激しい風雨に踊っている。

農道のアスファルト上に、用水路から溢れた水が流れ出している。

花の畑の虫除けネットが破れて、風に煽られている。

早く流れる雨雲に、烏帽子形をした鉄塔のシルエットが浮かび上がる。上空は高圧線が大きくしなるほどの風が吹いている。

「……わかりました。今から行きます」

黒電話の受話器を置くと、花はすぐに囲炉裏部屋に向かい、レインコートに袖を通した。

「雨ー。一緒に雪を迎えにいこう」

壁越しに雨へ呼びかけた。だが返事がない。

「雨……？」

こどもたちのレインコートを携えて台所に戻った。

さっきまでいた、雨がいない。

テーブルに、マグカップだけが残されている。

「雨？　どこ？　雨？」

大広間も見るが、やはり雨の姿はない。

すると、

ガラッ。

玄関の戸を開く音がする。

「？」

花は音の方向を見た。

戸の隙間から、ビュウウウ、と雨粒が吹き込んでいる。

その向こう、雨の背中が、一瞬見えた。

「……雨‼」

花は、驚いて叫ぶ。

玄関へ駆け寄ると、半開きの引き戸を力任せに開け、外に飛び出す。

「雨‼」

が、立っていられないほどの風雨が、花の全身を打つ。

「うっ……！」

荒れ狂う草木の向こう、風をはらませて悠然と山への道を行く雨のうしろ姿が、わずかに見えた。

「雨‼」

花は再度叫ぶと、水浸しの前庭をなりふり構わず走った。今ならまだ連れ戻せる——。

さっき雨の姿が見えた小径を下り、家の前の道に走り出た。

が——。

「……！」

雨の姿がない。

「あ……⁉」

里のほうを振り返るが、やはりいない。

「え……⁉」

花は、戸惑う。

いっぱいの不安をあらわにして、必死に雨の姿を探す。

「どこ!? 雨!? ……雨!?」

そして、山のほうを見て、息をのんだ。

「…………!!」

ゴォォォォォォォォォォ!!!!

強風が恐ろしいうなり声をあげている。無数の折れた小枝が宙を舞うと、墜落するように次々と地面に落ちる。のシルエットを反射している。水びたしのアスファルトが、荒れ狂う木々

雨——。

雨が、山へ向かったことは確実だった。

「……!!」

花は、決意すると強い風に向かい、歩き出した。

ゴォォォォォォォォォォ!!!!

レインコートを風が巻き込む。息もできないほどの激しい風雨が花を襲う。

だがそれでも果敢に、山への道を一歩一歩、登っていった。

雨を、連れ戻すために。

町の中心部でも、雨脚は衰える気配がなかった。

ライトをつけた車が、水しぶきを上げている。

小学校の駐車場は、続々とやってくる保護者の車が列をなしている。

傘を斜めにさして突風に耐えながら、親たちは校舎へ向かっていた。

体育館では、子供の名を呼ぶ父親や母親の声が次々と響く。そのたびに残された子供たちは顔を上げ、自分が呼ばれたのではないことを知ると、力なくうつむく。

ひとり、またひとりと迎えが来て、親と寄り添いながら帰っていく。

その光景を、冷たい体育館の床に腰を下ろした雪は、ぼんやりと見送っていた。

その傍らで、ため息まじりに信乃が、下級生の子たちの手遊びに目を落としている。

長い待機の時間を、それぞれが持て余していた。

草平だけが、険しい顔で入り口を見つめ続けている。

と、

ドォオオオオオンンンッッッ！！！

「きゃっ！」

激しい雷鳴に、雪たちは身を縮めた。

反響する体育館の天井で、水銀灯の光がかすかに揺れている。

前髪をちょんまげに結んだ低学年の女の子が、不安そうに入り口を見て、

「うちの親、遅いな—」

と丸坊主の男の子の手を握った。信乃や雪も目を伏せる。
　すると突然、草平が口を開いた。
「心配すんなよ」
と、平気そうに。
「でもさー」
　不満げに抗議の声を上げる男の子に、草平は乗り出すと、
「このまま学校に泊まることになったら、一晩中トランプやろうぜ」
とやんちゃそうな笑顔を見せた。
「トランプ!? やるっ！」ちょんまげの女の子の表情がパッと明るくなった。
「やるやる！」丸坊主の男の子もそれに食いつく。ふたりともさっきまでしょんぼりしていたのに、もう笑顔が戻っている。
「わあそれ楽しそう」
　信乃も草平のノリに合わせると、雪とアイコンタクトを交わした。
　女の子は、ワクワクして雪を見上げる。「キャンプみたい！」
　草平はそれを確認すると、素早く腰を上げた。
「俺、教室行って取ってくるわ」
「うん」

雪は頼もしい気持ちで草平を見送った。こういうふうに機転を利かせられるのは、やはり男子ならではだなと思う。

男の子が、バカにしたように女の子に訊いた。

「おまえ、トランプ知ってるの？」

「ババ抜きしか知らない」

「バーカ」

「コラッ、ケンカしない！」

もめだした下級生たちを、信乃がたしなめる。

すると、

「信乃ー」

信乃の父親が体育館にやってきた。

「あ。お父さん遅い、もー」

信乃が、口を尖らせて迎える。先ほどのお姉さんぶりとはまるでちがう、信頼に満ちた甘えた声だった。

信乃の父は来客用のスリッパを鳴らしてやってくると、膝をついて頭をかき、

「ゴメンゴメン。すっごい嵐だよまったく」

と、娘に謝った。それから雪に柔和な笑顔を向けて、

「雪ちゃんも一緒に送っていくよ」
と提案した。
「え?」
「そうだ、行こ、雪ちゃん」
膝を立ててランドセルを担ぎながら信乃も言う。
雪は、信乃の父のことをよく知っていた。老舗の材木屋の三代目だったが、いつもさっぱりとした気取らない格好をしていた。父のいない雪に、娘同様に優しく接してくれた。大きな屋敷に泊めてもらったことも二度や三度ではない。
「さ、早く」
信乃がせかした。
だが雪は、ちょっと考えたあと、信乃の父に、
「……ありがとうございます。でもウチもじきに来ると思います」
と笑顔を返した。
下級生たちが追いかけっこしている姿が横目に見えた。あの子たちを迎えがくるまで見てあげなきゃならないと思ったし、いったん教室に戻った草平のこともある。トランプをして過ごしていたら、そのうち花もやってくるだろう。
「遠慮しなくていいんだよ」

「そうだよー」

父娘は口々に、雪を翻意させようとしてくれる。ありがたさを感じつつも雪は、信乃を見た。「かあさんと行き違いになったら困るし」

信乃の父は笑顔で引くと、

「確かにそうだね。じゃあお先に」

と腰を上げた。父の背で信乃が、済まなそうに小さく手を振る。

「バイバイ」
「バイバイ」

雪も小さく手を振り返して、見送った。

親子は強風の中、互いにしがみつきながら校舎を出ていった。途中、突風で傘が裏返ってもかまわず、娘をかばうように抱きしめると、早足で父親は車へ向かった。

そのあと、雪は幾組もの親子が帰ってゆくのを見た。心細さに泣き出した娘をなだめて立たせる、ジャージ姿の怖そうな母親。孫を迎えにきた老夫妻を引き、まるでピクニックに出かけるような優しそうな父親。兄妹の手の笑顔。

雪は、膝を抱きながら、それらを眺めた。

体育館に残っている子供たちの影は、ずいぶんと少なくなった。

丸坊主の男の子が滑り込むように戻ってきて、無造作に水筒のふたを開けるとそのままグビグビと飲みだす。

雪は、自分の母親よりも草平のことが気がかりになっていた。トランプを取りにいったまま、もう何十分も帰って来ない。

「——草ちゃん、遅いな」

とひとりごちると、次の瞬間には素早く立ち上がって、教室へと駆け出した。

「雪ちゃん」

男の子が水筒から口を外して呼びかけるのにも気付かずに、雪は体育館を出た。

ザァァァァァァァァァァァァ……。

雨が降りしきる。

山裾を霧がゆっくりと漂っている。

「雨——！」

いつかの熊笹が生い茂る山道で、雨の名を叫んだ。

「どこなの雨——!!」

いつかの葦原で叫んだ。

「雨ー!!!」
いつかの杉の根元で叫んだ。
しかし、返事はない。
雨はいない。
嵐の中では、普段とはまるで別の場所に見えた。
花の不安は増大するばかりだった。
杉の樹林帯をひとり登った。
あちこちの斜面を、雨水が滝のように流れている。
「——山に入らないって、約束したじゃない。なのに——」
足を掬(すく)われて、膝をついてしまう。
「なのに——」
それでも花は泥だらけで、山道を登り続ける。

「キャー!」
「濡(ぬ)れるー!」
子供たちが騒ぎながら、体育館脇に停めた学校のワンボックスカーに次々と飛び込んでいく。レインコート姿の田辺先生はびしょ濡れになりながら、そのひとりひとり

の背中を押してやる。

雪が教室に行ったのと入れ違いに、田辺は体育館にやってきて、残った子供たちを全員、学校の車で送ると叫んだのだった。

最後の子を押し込みつつ、息を切らして車内を覗き込んだ。

「これで全員か!?　雪と草平は!?」

ちょんまげの女の子が、シートの背に身を乗り出した。

「信乃ちゃんのお父さんが一緒に乗せてくって言ってた」

「で、帰ったのか?」

女の子は、知らない、と首を振った。自分が見たのはそこまでだから、というふうに。すると丸坊主の男の子があとを続け、

「ふたりとも体育館を出て行ったよ」と、自分が見たことを喋った。

田辺は、そのふたつの情報を統合し、ふたりは帰った、と判断した。

「そうか……わかった!」

勢いよくスライドドアを閉めると、校務員にあとの戸締まりを頼み、運転席に乗り込んだ。

田辺の運転する車は、水たまりに車体を揺らしながら学校をあとにした。

ブナの森に、霧が立ちこめている。
雨は小降りになっていた。
「ハアッ……ハアッ……ハアッ……」
花の荒い息づかいが聞こえる。
雨を探して、もう2時間以上も山を歩いていた。悪天候の山登りは、それだけで体力を奪う。登山道のちょっとした起伏を登るのも息が切れてしまう。
「ハアッ……ハアッ……ハアッ……わっ!」
足を滑らせた。
ボチャン。
気がつくと、水たまりに膝まで浸かってしまっている。雨だれが無数の波紋をつくった。落ちた勢いで外れたフードもそのままに、呻きながら四つん這いで水たまりを抜け出す。踏み出すたびに、ジョボッ、ジョボッ、とゴム長に水が入った音がする。
気持ち悪い。水を出さなきゃ。
ブナの根元にペタンと腰を下ろして、ゴム長を脱ごうとする。手が滑って力が入らず、なかなか脱げない。それでもやっとのことで引き抜いた。浮かせた素足がふやけている。急いで家から飛び出したので、靴下もストッキングも穿いてこなかった。ゴム長を逆さにして泥水を出すと、履き直した。たったこれだけのことで、息が荒くな

ってしまう。

もう片方のゴム長に手をかけたとき、花は何かに気付いた。

ガサッ……、ガサッ……。

霧煙る遠くのブナの木の向こうに、人影らしきものが見えた。

「……雨!!」

花ははじかれたように立ち上がると、迷いなくそのあとを追った。この豪雨の中、有名ではない登山道をわざわざ歩くハイカーなどいない。だとすれば雨に違いなかった。道を外れて鬱蒼とした森の中に踏み込んだ。藪に足を取られてもかまわずにあとを追った。

「雨!!」

ガサッ。

霧で見えにくいが、確かに雨のように見えた。木の陰に入っていく。こちらにまだ気付いていないのだろうか。

「待って……待って!」

懸命に呼び止めた。生い茂る下草や若木が邪魔をして、なかなか近づけない。だが、雨を見つけた喜びが、足を急がせる。距離が縮んだせいで人影の輪郭が徐々にはっきりしてくる。

「雨……！」
よかった、無事で。
さあ、家に帰ろう。早く戻って、雪を迎えにいこう。
そして――。
パシャン！
花は、水たまりに踏み出した足を、ハッと止めた。
「……!!」
落ち葉のへばりついたゴム長を、ゆっくり戻した。
霧の中、ブナの木の陰からのっそりと姿を現したのは、人のものではなかった。
大人のツキノワグマだった。
ザァァァァァァァァァァァァァァァ！！！！
雨脚が急激に強まった。
花は呆然として、クマを見たまま慎重に後ずさりした。ブナの若木が背中に弾かれて、水滴がビシッ、と散った。背中が木の幹に当たって、そこから後退できなかった。
それでも視線を外すわけにはいかなかった。
ツキノワグマは、ゆっくりとこちらを見た。顎から雫が垂れている。
ツキノワグマは思ったより、ずっと大きく見えた。たとえばヒグマのように過激な

獰猛さはないことを知識では知っていた。それでも面と向かうと、足がすくんだ。花は、恐怖に身じろぎひとつできなかった。滴が花の顎をつたって流れ落ちる。ただじっとツキノワグマを見つめるしかなかった。

花は、生きているツキノワグマを見るのは、これが初めてだった。

移り住んだばかりのとき、役場の職員は、こう警告していた。山間部で空き家が多いのは、近年クマやイノシシやサルが里に下りて畑を荒らすからである。いつクマに襲われるとも限らない、と。

実際、里に下りたクマが民家に侵入したケースもたびたび耳にした。襲われて大怪我を負った人も少なくなかった。人を襲ったクマやイノシシは、原則的に町の鳥獣被害対策課に射殺されることになっている。堀田のおじさんがその対策課で嘱託のハンターをしている関係で、花も何度か死体を見たことがある。堀田のおじさんは、クマが出たらすぐに連絡しろ、鉄砲を担いで助けに行ってやる、と笑顔で言ってくれた。

にもかかわらず、花はこの7年もの間、生きているクマには遭遇しなかった。それは雨や雪によるおおかみの匂いが他の野生動物を寄せ付けない、ということも確かにあっただろう。だがそれだけではない、と花は感じていた。クマのほうから、花の家の生活圏を侵さないように気を遣われていたのではないか。

かつて人の手が行き届いていた里山では、クマと人の暗黙の棲み分けがあり、互いに遭遇することは稀だった、と韮崎から聞いたことがある。もしもそれと同じことを花の山の生活が偶然に成していたのなら、クマに遭遇しない理由は充分にあると考えられた。

しかし、今の場合は違う。

花のほうからクマの生活圏に侵入してしまったのだ。

普段では絶対にあり得ない理由で。

なにかあれば、諦めるしかない──。

ツキノワグマは、ずっと花を見つめ続けている。

それはわずか数秒だったのかもしれない。

しかし花には、その瞬間が何十分にも、何時間にも感じられた。

そのとき、

ザアァァァァァァァァァァァァァ……。

急速に雨脚が弱まった。

「──」

「クーン」

と声が聞こえた。

気付いてクマが横を見ると、子グマが二匹、叢から躍り出た。

「……!」

花は、子グマの鳴き声を呆然と聞いた。子グマの一匹はちらりとこちらを一瞥したが、興味無さげにクーンと鳴いた。そしてもう一匹は、鼻面を親グマに近づけて、急かすように奥へ歩いていった。ツキノワグマはまだ警戒しているようだったが、やがて子グマに誘われるように、のっそりと霧の中へ消えていった。

——母熊。

そう、あれはきっと母熊だ、と花は思った。おそらく大雨の中で我が子を見失って、探していたのだろう。そしてめでたく再会できたのだろう。

それに比べて、自分はどうだ。

こんなところで何をしているのか。

「………雨」

つぶやくと、全身の力が一気に抜けた。もたれたブナの幹を滑り、その場にへたり込んだ。

「……雨、………どこ?」

花は、しばらく動けなかった。

既に夕方にさしかかっていた。

机の天板が、外の青い光を反射して浮かび上がっている。

電気の消えた暗い教室で、突っ伏して寝ていた草平が目を覚まし、やおら身を持ち上げて、伸びながらあくびする。

そして、なにげなく入り口を見やって、大声を上げた。

そこには、びっくりまなこの雪が立っている。

草平の問いに、困ったような顔をした。

「だって………、遅いから」

「……うわああっっっ‼ なんでいるんだよっ‼」

体育館に戻ると既にそこは誰もいなく、水銀灯の冷え冷えとした光が床に反射しているだけだった。

「あれ？ いない。みんな帰っちゃったのかな？」

「迎えに来ないのは、俺らだけか」

と草平は、打ち捨てられたような自分のリュックを拾った。

雪も、ランドセルを持ち上げる。
「……かあさんになにかあったのかな」
迎えに来ないことなどあり得ない。どこかで行き違ったのか。それとも来られない事情があるのだろうか。
雪は思いを巡らしたが、何も思いつかないまま、
「…………寒い」
とノースリーブの二の腕をさすった。
「ぶらつこうぜ」
草平は、そんな雪をちらりと見て、出口へ向かった。
心配顔の雪だけが残された。
「雪」
草平の呼ぶ声がした。
ハッと我に返り、小走りであとを追った。
「あ、待って」

それから、ひとけのない校舎を、ぶらぶら歩いた。
廊下のすべての電気が落とされ、青い窓の光に、非常灯だけが赤く灯っていた。開

けっぱなしの保健室に、寒々としたベッドが見えた。給食室前で、配膳ワゴンのステンレスが鈍く光っていた。職員室前の黒板に書かれた予定表の文字が、まるで別世界の言葉に見えた。

誰もいない学校とは、こんなにも心細いものなのだろうか。

遠雷が鳴る。

「このまま迎えに来なかったらどうしよう」

「学校に住めばいいじゃん」

「そんなの無理だよ」

「夜は保健室で寝ればいいだろ」

「ごはんは？」

「あまった給食をもらう」

「ずっと迎えに来なかったら？　ずっと学校に住むの？」

「働けばいいんだ。新聞配達とかして」

「子供だもん。雇ってもらえないよ」

「歳ごまかす。中学生とか言って」

大階段の踊り場にある大きな鏡に、ふたりの姿が映った。

草平は、鏡の中の自分を見た。

「中学生に見える?」

雪も、鏡の中の自分を見た。

どう見ても、中学生には見えない。

やせっぽちの、頼りない子供の姿が映っていた。

「——見えない」

「そうか?」

草平は自分を見て首を傾げた。

雪は、髪に絡ませた指をゆっくりと下げて、憂鬱な顔の自分につぶやいた。

「——早く、大人になりたい」

そう言う雪の横顔を見て、草平は鏡の中の自分に向き直った。

「俺も」

「ハアッ……ハアッ……ハアッ……」

花のレインコートに、いくつも葉がまとわりついている。

「ハアッ……ハアッ……ハアッ……」

水たまりだらけの道に、足をすくわれる。

豪雨で石や土があらわになった斜面にもたれ、なんとか体を支えた。

「ハアッ…………ハアッ…………ハアッ…………」

登山道、と呼ぶにはあまりに狭い。
急斜面に、人が通れるぎりぎりの幅しかなかった。土が洗い流され、根がむき出しになっている。
ダケカンバが崖下まで繁茂している。まがりくねった茶色の幹が、奇怪な生物の骨を思わせた。破壊され荒れた高地に真っ先に生える木、と聞く。ここもかつて、破壊されたあとなのだろうか。
ずいぶんと高く登ってしまったのかもしれない。花は長いあいだ、山中を彷徨った。
雨の姿を見つけられないまま。
自分が、どこを歩いているのかわからなかった。
気がつくと、道に迷っていた。
目がかすんで、前が見えづらい。
寒い。

「ハアッ…………ハアッ…………ハアッ…………」

雨——。
どこなの？
雨——。

そのとき、濡れたダケカンバの根で、足を滑らせた。

「——⁉」

ハッと我に返り、崖下を見やる。

が——。

ザザザザザザ！

なす術なく谷底へ滑落していく。

慌てて土に爪を立てる。

が、止まらない。

それでも死にものぐるいで手を伸ばした。

ガッ！

手応えがあった。

若木のダケカンバの枝を、かろうじてつかんだ。バウンドして、盛大に飛び散った葉の水滴が、泥だらけの花の顔にバラバラと落ちた。

「ハアッ……！　ハアッ……！　ハアッ……‼」

激しく息をした。

これ以上落下すれば、戻っては来られまい。

渾身の力を込めて、もう一方の手を伸ばした。
「ぐっ……!! ………うぅぅ!」
いっぱいに伸ばした手は、なんとか指先で枝をつかまえる。
「ハアッ……!! ハアッ……!! ハアッ……!!」
残りの力を振り絞って這い上がる。
ダケカンバがギシギシしなるのが聞こえる。
滑りそうになる手を、いっぱいに握った。
「うううう……ううううう……!!」
ところが、次の瞬間、ふっと両手から手応えが消えた。
「!?」
体重を預けていたダケカンバの若木が、根元から抜けた。
そこからは、あっという間だった。
ぐしゃぐしゃの斜面を、バウンドしながら転がり落ちた。
低木に体を打ち付けた。
枝が肌を切り裂いた。
それでも止まらなかった。
うるさいほど、枝が折れる音がした。

ザザザザザザザ……！！！

その音も、やがて途絶えた。

降りしきる雨音だけになった。

「…………うう…………う………」

崖下の、木々に隠されたような場所で、花は力なくうめき声を上げた。全身を、痛みとも痺れともつかない、奇妙な感覚が包んでいた。手を動かそうとして、わずかも動かせないことに気付いた。それでも動かそうと懸命に試みた。だがいくら踏ん張っても、指先のほんの少しが反応するだけだった。

それで、力つきた。

雨脚がまた、強くなった。

視界がぼやけて像を結ばないほどに。

気温が急速に低下した。

寒さで、唇が震えた。

もうろうとした意識の中で、花は、雨を思った。

「……雨、……どこかで、……震えているんじゃない……？ 帰れなくて……泣いてるんじゃ……」

思えば幼い頃からいつも、あの子にはヒヤヒヤさせられっぱなしだった。

泣き虫で、弱虫で、病気がちで、意地っ張りで。なのに甘えん坊で——。
あの子には、私しかいない。
だから——。

「……私が、……守って……あげなきゃ……」
雨粒が容赦なく、花の体を叩いた。
「……私が、……守って……」
それを最後に、花は、気を失った。

校務員が、各教室の戸締まりを点検している。
懐中電灯が、大階段の踊り場を照らした。
誰もいない。
6年生の教室の扉がガラリと開いた。
「誰もいませんか？」
暗闇に校務員の声が響く。
教室はしんとしたままだ。
懐中電灯の光がサッと教室を照らすと、再び扉の閉まる音がした。
ギシ、ギシ、ギシ、ギシ……と、足音が遠ざかった。

机の陰に潜んでいた草平が、そっと顔を出した。
暗闇に身を乗り出し、
「——行ったぜ」
と息を殺して言った。
その声に、別の机から、そっと雪が顔を出した。
校務員が去った方向を見送りつつ、胸を押さえて立ち上がる。
「……まだドキドキしてる……」
そして、草平を見た。
「ねえ、なんで隠れたの?」
「———」
「———ねえ」
草平は机の上に膝(ひざ)を立てて外を見たまま、なにも答えない。
「———」
やはり草平は、なにも答えない。
諦(あきら)めて、窓の外に目を移した。
グラウンドは一面、水浸しになっていた。
風が渡るいくつもの筋が水面に波頭をつくっている。

それはまるで、
「海みたい」
だと、雪は思った。

青色の深さに、吸い込まれそうだった。グラウンドの向こうは、雨に霞んで見えない。この大雨で学校が校舎ごと流され、ほんとうに海に出てしまったかのように見えた。ガラスについた無数の水滴が、ゆるやかに流れている。自分がいま立っているところが、家からずっとずっと遠くの場所に感じた。
だとすれば——。

「ほんとうに、ずっとここで、内緒で暮らすのかな」
「親が来ないなら、しかたないじゃん」
「どうして？　草ちゃんのお母さん、きっと来るよ」
雪は、かつて激しい剣幕で花を責め立てたあの母親のことを思い浮かべた。
「来ない」
「なんで？　だって——」
言いかけて雪は、息をのんだ。以前聞いた草平の母のうわさが、頭の中に蘇った。
それを察したように草平は、外を見ながら淡々と語った。
「俺の母ちゃん、結婚したんだ。おなかに赤ちゃんがいる。生まれたら俺、もういら

ないんだってさ」
　雪は、絶句した。そんなことが世の中にあるのだろうか。
「……あんなに草ちゃんのこと、心配していたのに……！」
「俺はそれでも平気だけどな」
「——」
「これから家出して、ボクサーかレスラーにでもなって、一匹狼で生きてく」
　膝を下ろして立ち上がった。「どう？　いける？」
　その、真面目とも冗談ともつかないような言い方に、雪はなんと言っていいのかわからなかった。ただ力なく苦笑してみせるのが精一杯だった。
「……草ちゃんすぐやられちゃうよ。ひょろひょろだもん」
「鍛える。鍛えて、ひとりで生きる」
　外を見て草平は言う。
　雪の笑いが消える。
「——」
　そんな雪を、草平は険しい顔のままゆっくりと見た。
　そして突然、
「シシシッ！」

と白い歯を見せて笑った。
まるで、「これは俺と雪だけの秘密だから」とでも言うように。
雪の胸が、ぎゅっと締めつけられた。

「……!!」
たまらなく苦しくなって、うつむいた。
胸を押さえて、この苦しさを抱きしめた。
心の中で芽生えたなにかが、いったい何なのか、はっきりした気がした。
「……草ちゃん。……私も、草ちゃんみたいに、本当のこと話しても、笑っていられるようになりたい」
自分に向けて言った。
決意していた。
次の瞬間には、手を伸ばして、アルミサッシの鍵を開けていた。
ビョオオオオオオオオオオッ!!!
激しい風が教室に吹き込んでくる。
レースのカーテンが風をはらんで膨らむ。

「——?」
草平はそれに気付く。

雪は目を閉じて、吹き込んでくる雨粒を全身で受け止めた。

風で大きく揺れるカーテン越しに、雪はゆっくり草平を見つめた。

「草ちゃん——」

草平は、呆然と雪を見ている。

強い風が、雪の長い黒髪を美しく乱した。

「——あのとき、草ちゃんを傷つけたおおかみは、私」

雪は、静かに告白した。

それから、真実の姿を見せた。

おおかみ。

おおかみの姿の雪。

「——私なの」

草平は、雪をじっと見つめている。

雪は、唇を嚙みしめ、おおかみの娘として言った。

「言わなきゃって、ずっと思ってた」

草平は黙ったまま、見つめている。

雪は、ひとの姿に戻った。

ひとりの少女として、言った。
「――いままで、苦しかった」
吹き込む雨粒が、涙のように見えた。
不意に、草平が口を開いた。
「……判っていた。ずっと」
落ち着いた声だった。
その言葉に雪はハッとなった。
草平は顔を上げ、目を閉じた。
「雪の秘密、誰にも言ってない――。誰にも、言わない」
そして再び目を開けて、雪を見た。
「だから――もう泣くな」
「――！」
その言葉を聞いて、ふいに、雪の目に涙があふれ出た。
いままでずっと我慢していたもの、耐えてきたもの、隠していたもの――が、すべてあらわになるように。
涙を止める方法を、雪は知らない。

だから、精一杯の笑顔をつくって、首を振った。泣き顔を見られたくなかった。
「……アハハ……泣いてないよ。しずくだもん……」
涙が、雨粒と混じり合って、頬を伝った。
風をはらんだカーテンの向こうで、隠れるように涙を拭った。
それでも、あとからあとから涙が出てきた。
拭いながら、伝えなければいけない真実が、もうひとつあることに気付いた。それはたったひとつの言葉——。
雪は、涙まみれの顔をしっかり向けた。
草ちゃん——。
「ありがとう」
ザァァァァァァァァァァァァァァァ……!!
雨はいよいよ激しく、水浸しのグラウンドに果てしなく降り続いた。

もう、どのくらい経ったのか。
ダケカンバの木々に、静かに雨が降り注いでいた。
暗闇に、無数の波紋が静かに広がっては消えていた。
その中に、花の姿が浮かんでいた。

裂けたレインコートに、たくさんの枝や葉や泥がまとわりついている。顔や手に、生々しいあざや裂き傷が無数にある。
気を失ってから、ずっと目を覚まさなかった。
すると、
ガサッ……ガサッ……。
何者かの影が、花に近付いてくる。
ガサッ……！
水面に映り込んだ影が、花の顔のすぐ近くまで迫った。
花は気を失ったままだ。

そのとき、花は、夢を見ていた。
柔らかな日差しの中、草花がゆるやかな風に揺られている。
「雨……、どこ行ったの……？　雨……」
穏やかに雨を探す花は、いつかの青いワンピースに身を包んでいた。
振り返ると、丘の向こうに、人影が見えた。
「…………？」
背を向けて、風に吹かれている雨の姿があった。

「雨……！」
 花はスカートに風をはらませて、ゆったりと雨へと歩いた。
「――探したよ。さあ、早く戻って雪を迎えに――」
 と、優しい風が吹いて、花は何かに気付いた。
 風の向こうで、振り返ったのは――
 彼だった。
 あの優しい声で、
「……花」
 と言った。
 花は信じられず、しばしのあいだ呆然とした。
 しかし、間違いなくそこにいるのは、彼だった。
「……！！」
「……逢いたかった……！！」
 花は、大きな笑顔になると、子鹿のように駆け寄って、彼の胸に飛び込んだ。
 彼は、そんな花を優しく抱き寄せた。
 懐かしい匂い。

あたたかな体温。
そして、低い声。
「いままで苦労かけたね。……済まなかった」
「……ううん」
花は、彼の胸に顔をすりつけるようにして、かぶりを振った。
背の高い彼は、花に合わせて背中を丸めた。
彼は、愛撫するように花と額をすりあわせると、
「……ずっと君を見ていた」
と、頭を撫でてくれた。
「こどもたちを、ちゃんと育てた」
嬉しさに満たされて、涙がにじんだ。
「うん……。判ってた」
彼に、頭を撫でられたのは、いつ以来だろう。
「ううん。全然。失敗ばっかり」
額をすりあわせながら花はかぶりを振った。
彼が、花を覗き込むように言った。
「本当だよ。雪も、雨も、立派に育った」

「ううん。だって……」
言いかけて、花は、何かに気付いたように目を開けた。
「雨が……。そうだ、雨がいないの」
彼からゆっくりと体を離した。
見回しながら丘を歩き、どこへともなく呼びかけた。
「雨」
「雨なら、だいじょうぶだよ」
「でも」
心配なまま、彼を見た。
彼は、ゆるやかな風の中、優しく微笑んでいた。
「だいじょうぶ。もう大人だよ」
花は、呆然と彼に体を向けた。
「……大人？」
まだその言葉の意味を、飲み込めてはいなかった。
風の向こうで、彼は、優しい瞳で言った。
「自分の世界を見つけたんだ」

ザッ……ザッ……ザッ……。

花は気を失ったまま、たくましい腕に抱えられて、朝もやの森を下りてゆく。
山中で花は救出された。決して人が見つけ出せない場所で。
里に下りる頃には、大雨はすっかり去っていた。
朝が近付きつつあった。
助け出した者は、背中を向け、山に戻っていく。
がらんとした山沿いの駐車場に、そっと花の体が寝かされる。

「……う……うう」

ふいに、花が意識を取り戻した。
すぐには目を開けられなかった。うう、と唸ると、目を閉じたまま、ようやく上半身をもたげる。体のふしぶしが、ひどく痛んだ。朦朧とした目で、ようやく前を見た。
すると——
ぼやけた視界の向こうに、山へ歩いていく背中が見える。

「雨……」

間違いなく、雨だった。
急速に意識が戻ってきて、目を見開くと、

「雨!」
と呼び止めた。
次の瞬間、立ち止まり振り返ったのは、いままでに見たことのないくらい、大きな体のおおかみだった。
雨。
おおかみの、雨。
花は、たまらずつぶやいた。
「……行ってしまうの?」
「—」
おおかみの雨は、振り返ったままじっと花を見つめている。
揺るぎないまなざしだった。
花の目に、涙が込み上げてきた。
「だって……私、まだあなたに何もしてあげてない」
「—」
「……!」
おおかみ雨は、その言葉に反応したかのように、体ごと花の方を向いた。
花は、あふれる涙を止められない。

「まだなんにも……。なのに……」
「!?」
　その姿がいたたまれないように、おおかみ雨はじっと花を見つめていた。
　動揺を映すように、ゆるやかな風がたてがみを揺らした。
　何かを言いたげに、口を開く。
「――」
　だが、
　ゆっくり口を閉じ、落ち着いた瞳に戻った。
　風が止む。
　それをきっかけに、おおかみ雨は素早くきびすを返した。
　ダッ!!
　花が何かを言う間もなく、おおかみ雨はあっという間に駐車場を駆け抜けると、大きくジャンプして柵を越えた。
「!」
　花は、そこで初めて、目の前に広がる巨大な絶壁を見上げた。
　幅2キロ、全高500メートルの、氷河で削られた荒々しい岩塊。
　頂上から雪解け水が、轟音をたてて垂直に落下する。

まるでここから先は、人が足を踏み入れるところではないと言わんばかりの断崖。悪魔の城の異名を持つ、圧倒的な壁——。

おおかみ雨は、そこを稲妻のような速度で駆け上っていく。

「待って……‼ 雨‼」

花はよろけながら立ち上がった。だが足に激痛が走り、思わず膝をつく。目だけで追うしかない花は、それでも思わず手を伸ばす。

おおかみ雨は、崖を折り返すと、凄まじい脚力で絶壁をぐんぐん登って行く。目をすり抜け、大滝を飛び越える。瞬きするあいだに、おおかみ雨を目で追えなくなった。

「……雨‼」

花は、なおも叫んだ。

懸命に上方へ手を伸ばすが——。

漂う雲の遥か上方に聳え立つ断崖に、手が届くはずもない。

それでも傷だらけの手を、いっぱいに伸ばす。

「雨……!」

そして、

張りつめた指先は、空をつかむばかりだった。

「……!!」

全身の力が抜け、うなだれた。

喪失の痛みが、胸の奥の深いところを襲った。

雨はついに、自分の手の届かないところまで行ってしまった。

もう二度と、人の姿には戻らないだろう。

もう、雨になにもしてやれない。

なにも。

「雨…………雨…………」

嗚咽が漏れた。

断崖は、ただ花を見下ろしているだけだった。

すると、その頂に——

雨狼が姿を現した。

滝の始まりの岩場に立つと、空気を震わせるような力強さで、天に向けて吠えた。

ウウウォォォォオオオオオオオオオオオオオオオオオオオオオオオオオオオオオオオオオオオオ!!!

「ハッ!!」

花は、弾かれたように顔を上げた。

そのときだった。

雨狼の咆哮が呼び込んだように、朝日が東方の山々から姿を現した。

風に向かい、たくましく吠える雨狼を、鋭く照らした。

狼の毛が、陽の光でキラキラと眩しく輝く。

オオオ！！！

「…………」

その祝福されたような光景に、花は我を忘れて見とれた。

喪失の痛みがみるみる失せていく。

かわりに不思議な力が全身に漲っていく。

オオオオオオオオオオオオオオオオオオオオオオオオオオオオオオオ！！！

涙が、溢れ出した。

雨が生まれた頃からの思い出が、次々と蘇った。

早春の雨音。

夜泣きした神社の境内。

うなだれて涙をこぼした葦原。

渓流のそばで冷たい体を必死で温めたあの初雪の日――。

決して忘れることができない愛おしい思い出。

どれだけ多くの喜びを、この子は自分にもたらしてくれただろう。

花は、思わず、小さく、

「元気で……」

と、つぶやいていた。

そして——、いっぱいの笑顔を向けた。

「しっかり生きて!!!」

力強い朝日が、すべてを照らした。

雄叫びの残響が遠ざかってゆく。

狼は、ゆっくりと花を見下ろした。

風。

花は、確かな笑顔で、狼を見つめた。

たくましく、立派な、大人の狼だった。

しかし瞳は、あの懐かしい雨の瞳だった。

優しい風がそよいで、全身の毛を黄金色に輝かせている。

花は、清々しい笑顔で、もういちどつぶやいた。

「………元気でいて……」

狼は、それを受け取ったかのように花を見ると、軽やかに滝の始まりを飛び越え、断崖の頂上の、その先へと消えた。

あとには、駐車場にぽつんと佇む、花の姿が残った。
アスファルトの上の水たまりが、明るい空を映している。
花は、狼が消えた場所をいつまでも見つめていた。
この朝のことは絶対に忘れない、と、思った。
洗いたてのブナの葉。
洗いたてのクモの巣。
洗いたての空。
なにもかもが太陽の光に輝いて、
まるで世界が、一夜にして生まれ変わったように、
花には、思えた。

　それから、季節が巡って、また夏が来た。
立派な入道雲が、気持ちのいい青空に、力強く成長している。
花の家は、すっかり夏のしつらえを整えている。
庭には、色とりどりの花々が咲き乱れている。

誰もいない、開け放たれた玄関。
誰もいない、大広間。
誰もいない、台所。
冷蔵庫に目を転じると、マグネットで貼られた写真や手紙がある。
その中に、中学の制服を着て新しい友達とふざける、雪のまぶしい笑顔がある。

この年、中学校の寮に入るため、雪は家を出た。
寮に入ることを勧めたのは、花だった。
ひとりで淋しくないの？と雪が訊くと、
淋しくない、と花は言った。
離れて暮らしていても、私はずっと、あなたたちのお母さんだから、と言った。
そしてこの12年間を振り返り、まるでおとぎ話のように一瞬だった、と笑った。
とても満足げに。
遥か遠くの峰を見るように——。
その笑顔が、雪には、とても嬉しかった。

花はひとり、いまも山の家で静かに暮らしている。

勉強部屋に、片付けられた雪の机が、そのままにある。
その横に、あのときのままの雨の机が、いまもある。
いまでも、おおかみのぬいぐるみが座っている。
ときおり耳を澄ますと、狼の遠吠えが、遠くの山から風に乗って、かすかに聞こえることがある。
それで充分だ。
と、花は微笑む。

彼と出会ったのは、ちょうどこんな天気のいい、さわやかな夏の日だった。
おおかみおとこと恋に落ちたことを不思議に思わなかった当時の自分が、今になってとても不思議に思えた。
花は、あの美味しいやきとりをひとりで食べ、一本を彼の免許証に添えた。

（了）

本書は書き下ろしです。

おおかみこどもの雨と雪

細田　守

| 平成24年　6月25日　　初版発行 |
| 令和7年　5月15日　　23版発行 |

発行者●山下直久

発行●株式会社KADOKAWA
〒102-8177　東京都千代田区富士見2-13-3
電話　0570-002-301(ナビダイヤル)

角川文庫 17455

印刷所●株式会社KADOKAWA
製本所●株式会社KADOKAWA

表紙画●和田三造

○本書の無断複製（コピー、スキャン、デジタル化等）並びに無断複製物の譲渡および配信は、著作権法上での例外を除き禁じられています。また、本書を代行業者等の第三者に依頼して複製する行為は、たとえ個人や家庭内での利用であっても一切認められておりません。
○定価はカバーに表示してあります。

●お問い合わせ
https://www.kadokawa.co.jp/　（「お問い合わせ」へお進みください）
※内容によっては、お答えできない場合があります。
※サポートは日本国内のみとさせていただきます。
※Japanese text only

©Mamoru Hosoda 2012　Printed in Japan
ISBN978-4-04-100323-7　C0193

角川文庫発刊に際して

角川源義

 第二次世界大戦の敗北は、軍事力の敗北であった以上に、私たちの若い文化力の敗退であった。私たちの文化が戦争に対して如何に無力であり、単なるあだ花に過ぎなかったかを、私たちは身を以て体験し痛感した。西洋近代文化の摂取にとって、明治以後八十年の歳月は決して短かすぎたとは言えない。にもかかわらず、近代文化の伝統を確立し、自由な批判と柔軟な良識に富む文化層として自らを形成することに私たちは失敗して来た。そしてこれは、各層への文化の普及滲透を任務とする出版人の責任でもあった。

 一九四五年以来、私たちは再び振出しに戻り、第一歩から踏み出すことを余儀なくされた。これは大きな不幸ではあるが、反面、これまでの混沌・未熟・歪曲の中にあった我が国の文化に秩序と確たる基礎を齎らすためには絶好の機会でもある。角川書店は、このような祖国の文化的危機にあたり、微力をも顧みず再建の礎石たるべき抱負と決意とをもって出発したが、ここに創立以来の念願を果すべく角川文庫を発刊する。これまで刊行されたあらゆる全集叢書文庫類の長所と短所とを検討し、古今東西の不朽の典籍を、良心的編集のもとに、廉価に、そして書架にふさわしい美本として、多くのひとびとに提供しようとする。しかし私たちは徒らに百科全書的な知識のジレッタントを作ることを目的とせず、あくまで祖国の文化に秩序と再建への道を示し、この文庫を角川書店の栄ある事業として、今後永久に継続発展せしめ、学芸と教養との殿堂として大成せんことを期したい。多くの読書子の愛情ある忠言と支持とによって、この希望と抱負とを完遂せしめられんことを願う。

 一九四九年五月三日

角川文庫ベストセラー

漫画版 サマーウォーズ (上)(下)	原作/細田 守 漫画/杉基イクラ キャラクター原案/貞本義行	高校2年の夏、健二は憧れの先輩・夏希に頼まれ、彼女の曾祖母の家に行くことに。そこで待ち受けていたのは、大勢のご親戚と、仮想世界発の大パニック！ 細田守監督の大ヒットアニメのコミック版。
グラスホッパー	伊坂幸太郎	妻の復讐を目論む元教師「鈴木」。自殺専門の殺し屋「鯨」。ナイフ使いの天才「蟬」。3人の思いが交錯するとき、物語は唸りをあげて動き出す。疾走感溢れる筆致で綴られた、分類不能の「殺し屋」小説！
マリアビートル	伊坂幸太郎	酒浸りの元殺し屋「木村」。狡猾な中学生「王子」。腕利きの二人組「蜜柑」「檸檬」。運の悪い殺し屋「七尾」。物騒な奴らを乗せた新幹線は疾走する！『グラスホッパー』に続く、殺し屋たちの狂想曲。
約束	石田衣良	池田小学校事件の衝撃から一気呵成に書き上げた表題作はじめ、ささやかで力強い回復・再生の物語を描いた必涙の短編集。人生の道程は時としてあまりにもハードだけど、もういちど歩きだす勇気を、この一冊で。
美丘	石田衣良	美丘、きみは流れ星のように自分を削り輝き続けた……平凡な大学生活を送っていた太一の前に現れた問題児。障害を越え結ばれたとき、太一は衝撃の事実を知る。著者渾身の涙のラブ・ストーリー。

角川文庫ベストセラー

5年3組リョウタ組	石田衣良	茶髪にネックレス、涙もろくてまっすぐな、教師生活4年目のリョウタ先生。ちょっと古風な25歳の熱血教師の一年間をみずみずしく描く、新たな青春・教育小説！
再生	石田衣良	平凡でつまらないと思っていた康彦の人生は、妻の死で急変。喪失感から抜けだせずにいたある日、康彦のもとを訪ねてきたのは……身近な人との絆を再発見し、ふたたび前を向いて歩き出すまでを描く感動作！
親指の恋人	石田衣良	純粋な愛をはぐくむ2人に、現実という障壁が冷酷に立ちふさがる――すぐそばにあるリアルな恋愛を、格差社会とからめ、名手ならではの味つけで描いた恋愛小説の新たなスタンダードの誕生！
サマーウォーズ	岩井恭平	数学しか取り柄がない高校生の健二は、憧れの先輩・夏希に、婚約者のふりをするバイトを依頼される。一緒に向かった先輩の実家は田舎の大家族で!?新しい家族の絆を描く熱くてやさしい夏の物語。
ナラタージュ	島本理生	お願いだから、私を壊して。ごまかすこともそらすこともできない、鮮烈な痛みに満ちた20歳の恋。もうこの恋から逃れることはできない。早熟の天才作家、若き日の絶唱というべき恋愛文学の最高作。

角川文庫ベストセラー

一千一秒の日々	島本理生	仲良しのまま破局してしまった真琴と哲、メタボな針谷にちょっかいを出す美少女の一紗、誰にも言えない思いを抱きしめる瑛子――。不器用な彼らの、愛おしいラブストーリー集。
クローバー	島本理生	強引で女子力全開の華子と人生流され気味の理系男子・冬冶。双子の前にめげない求愛者と微妙にズレる才女が現れた! でこぼこ4人の賑やかな恋と日常。キュートで切ない青春恋愛小説。
時をかける少女〈新装版〉	筒井康隆	放課後の実験室、壊れた試験管の液体からただよう甘い香り。このにおいを、わたしは知っている――思春期の少女が体験した不思議な世界と、あまく切ない想いを描く。時をこえて愛され続ける、永遠の物語!
鳥人計画	東野圭吾	日本ジャンプ界期待のホープが殺された。ほどなく犯人は彼のコーチであることが判明。一体、彼がどうして? 一見単純に見えた殺人事件の背後に隠された、驚くべき「計画」とは!?
探偵倶楽部	東野圭吾	「我々は無駄なことはしない主義なのです」――冷静かつ迅速。そして捜査は完璧。セレブ御用達の調査機関〈探偵倶楽部〉が、不可解な難事件を鮮やかに解き明かす! 東野ミステリの隠れた傑作登場!!

角川文庫ベストセラー

殺人の門	東野圭吾
さまよう刃	東野圭吾
使命と魂のリミット	東野圭吾
今夜は眠れない	宮部みゆき
夢にも思わない	宮部みゆき

殺人の門　あいつを殺したい。奴のせいで、私の人生はいつも狂わされてきた。でも、私には殺すことができない。殺人者になるために、私には一体何が欠けているのだろうか。心の闇に潜む殺人願望を描く、衝撃の問題作！

さまよう刃　長峰重樹の娘、絵摩の死体が荒川の下流で発見された。犯人を告げる一本の密告電話が長峰の元に入った。それを聞いた長峰は半信半疑のまま、娘の復讐に動き出す——。遺族の復讐と少年犯罪をテーマにした問題作。

使命と魂のリミット　あの日なくしたものを取り戻すため、私は命を賭ける——。心臓外科医を目指す夕紀は、誰にも言えないある目的を胸に秘めていた。それを果たすべき日に、手術室を前代未聞の危機が襲う。大傑作長編サスペンス。

今夜は眠れない　中学一年でサッカー部の僕、両親は結婚15年目、ごく普通の平和な我が家に、謎の人物が5億もの財産を母さんに遺贈したことで、生活が一変。家族の絆を取り戻すため、僕は親友の島崎と、真相究明に乗り出す。

夢にも思わない　秋の夜、下町の庭園での虫聞きの会で殺人事件が。殺されたのは僕の同級生のクドウさんの従妹だった。被害者への無責任な噂もあとをたたず、クドウさんも沈みがち。僕は親友の島崎と真相究明に乗り出した。

角川文庫ベストセラー

あやし	宮部みゆき	木綿問屋の大黒屋の跡取り、藤一郎に縁談が持ち上がったが、女中のおはるのお腹にその子供がいることが判明する。店を出されたおはるを、藤一郎の遣いで訪ねた小僧が見たものは……江戸のふしぎ噺9編。
ブレイブ・ストーリー (上)(中)(下)	宮部みゆき	亘はテレビゲームが大好きな普通の小学5年生。不意に持ち上がった両親の離婚話に、ワタルはこれまでの平穏な毎日を取り戻し、運命を変えるため、幻界〈ヴィジョン〉へと旅立つ。感動の長編ファンタジー！
おそろし 三島屋変調百物語事始	宮部みゆき	17歳のおちかは、実家で起きたある事件をきっかけに心を閉ざした。今は江戸で袋物屋・三島屋を営む叔父夫婦の元で暮らしている。三島屋を訪れる人々の不思議話が、おちかの心を溶かし始める。百物語、開幕！
アーモンド入りチョコレートのワルツ	森絵都	十三・十四・十五歳。きらめく季節は静かに訪れ、ふいに終わる。シューマン、バッハ、サティ。三つのピアノ曲のやさしい調べにのせて、多感な少年少女の二度と戻らない「あのころ」を描く珠玉の短編集。
つきのふね	森絵都	親友との喧嘩や不良グループとの確執。中学二年のさくらの毎日は憂鬱。ある日人類を救う宇宙船を開発中の不思議な男性、智さんと出会い事件に巻き込まれる。揺れる少女の想いを描く、直球青春ストーリー！

角川文庫ベストセラー

DIVE!!（上）（下）	森 絵都

高さ10メートルから時速60キロで飛び込み、技の正確さと美しさを競うダイビング。赤字経営のクラブ存続の条件はなんとオリンピック出場だった。少年たちの長く熱い夏が始まる。小学館児童出版文化賞受賞作。

いつかパラソルの下で	森 絵都

厳格な父の教育に嫌気がさし、成人を機に家を飛び出していた柏原野々。その父も亡くなり、四十九日の法要を迎えようとしていたころ、生前の父と関係があったという女性から連絡が入り……。

四畳半神話大系	森見登美彦

私は冴えない大学3回生。バラ色のキャンパスライフを想像していたのに、現実はほど遠い。できれば1回生に戻ってやり直したい！　4つの並行世界で繰り広げられる、おかしくもほろ苦い青春ストーリー。

夜は短し歩けよ乙女	森見登美彦

黒髪の乙女にひそかに想いを寄せる先輩は、京都のいたるところで彼女の姿を追い求めた。二人を待ち受ける珍事件の数々、そして運命の大転回。山本周五郎賞受賞、本屋大賞2位、恋愛ファンタジーの大傑作！

ペンギン・ハイウェイ	森見登美彦

小学4年生のぼくが住む郊外の町に突然ペンギンたちが現れた。この事件に歯科医院のお姉さんが関わっていることを知ったぼくは、その謎を研究することにした。未知と出会うことの驚きに満ちた長編小説。

角川文庫
キャラクター小説大賞
～作品募集中～

この時代を切り開く、面白い物語と、
魅力的なキャラクター。両方を兼ねそなえた、
新たなキャラクター・エンタテインメント小説を募集します。

賞／賞金

大賞：**100**万円

優秀賞：**30**万円

奨励賞：**20**万円　読者賞：**10**万円　等

大賞受賞作は角川文庫から刊行の予定です。

対象

魅力的なキャラクターが活躍する、エンタテインメント小説。ジャンル、年齢、プロアマ不問。ただし、日本語で書かれた商業的に未発表のオリジナル作品に限ります。

詳しくは https://awards.kadobun.jp/character-novels/ まで。

主催／株式会社KADOKAWA

横溝正史ミステリ&ホラー大賞

作品募集中!!

「横溝正史ミステリ大賞」と「日本ホラー小説大賞」を統合し、
エンタテインメント性にあふれた、
新たなミステリ小説またはホラー小説を募集します。

大賞 賞金300万円

（大賞）

正賞 金田一耕助像　副賞 賞金300万円

応募作品の中から大賞にふさわしいと選考委員が判断した作品に授与されます。
受賞作品は株式会社KADOKAWAより単行本として刊行されます。

●優秀賞

受賞作品は株式会社KADOKAWAより刊行される可能性があります。

●読者賞

有志の書店員からなるモニター審査員によって、もっとも多く支持された作品に授与されます。
受賞作品は株式会社KADOKAWAより文庫として刊行されます。

●カクヨム賞

web小説サイト『カクヨム』ユーザーの投票結果を踏まえて選出されます。
受賞作品は株式会社KADOKAWAより刊行される可能性があります。

対　象

400字詰め原稿用紙換算で300枚以上600枚以内の、
広義のミステリ小説、又は広義のホラー小説。
年齢・プロアマ不問。ただし未発表のオリジナル作品に限ります。
詳しくは、https://awards.kadobun.jp/yokomizo/でご確認ください。

主催：株式会社KADOKAWA